U0940420

即使无法纵览沧海　愿余生仍不遗余力

人生总有许多的勇气与孤独

宋筱白 著

九州出版社
JIUZHOUPRESS

目　　录
CONTENTS

Chapter 1　001　空出你心灵的衣橱

Chapter 2　013　先去看过世界再结婚

Chapter 3　023　请你不要被留在原地

Chapter 4　035　不回微信就别发朋友圈

Chapter 5　047　你的风姿，来于你对自己的尊重

Chapter 6　059　不是别人在炫耀，是你自己过得差

Chapter 7 069 | 最好的投资就是提升自己的幸福感

Chapter 8 081 | 你的薪资，实现不了你的财务自由

Chapter 9 093 | 他不是自带光芒，他只是训练有素

Chapter 10 103 | 有些人为什么注定无法活得更高级

Chapter 11 113 | 你舍不得对自己狠，就别怪别人对你狠

Chapter 12 123 | 人生总有许多的勇气与孤独

目　　录
CONTENTS

Chapter 13 151 | 你要配得上自己所受的苦

Chapter 14 163 | 会说话的人，一开口就赢了

Chapter 15 175 | 好的教养，就是不让人难堪

Chapter 16 185 | 你那么好说话他们尊重过你吗

Chapter 17 197 | 贫穷不可怕，贫穷思维才最可怕

Chapter 18 211 | 懂得笑着低下头的人，都是聪明人

Chapter 19 219 | 你男朋友这么好，我就不劝你分手了

Chapter 20 231 | 远离低质量的勤奋，那比懒惰更可怕

Chapter 21 241 | 你的焦虑，缘于着急过“标配”的人生

Chapter 22 251 | 我不是幸运，我只是敢于争取自己想要的

Chapter 1

空出你心灵的衣橱

这世界不存在无限大的空间

不管是衣橱还是人生

我们都需要适时地去整理和舍弃

一位友人向我抱怨，说家里衣柜空间太小了，现在买新衣服，都已经快没地方放了。但其实，她家里可是有着一间专门的衣帽间，空间比一般家庭的还要大一倍多。

不过我也清楚，她之所以还嫌弃空间小，很重要的一个原因是，哪怕五六年前的衣服，她都还多数留着，虽然没再穿过，却始终舍不得丢弃。于是，那些衣服就那样叠着堆在角落里，占用着大量的空间。

很是无奈，我劝她：“扔吧。”

要知道，这世界不存在无限大的空间，不管是衣橱还是人生，我们都需要适时地去整理和舍弃，因为只有这样，才能让新的衣服有地可放。

朋友曾带我去过这样一家寿司店。

为了吃上他家的寿司，我们预约了好久。听说这家店的老板是个非常有个性的人，一次只接待四位客人，无论是谁去都得要预约，而且一个星期必有一天关店休息。

记得刚开始听朋友这么介绍的时候，我就好奇不已，等真正见到它的真面目时，我就更惊讶了。

那是一家只有不到十平米的小店，隐藏在一条小巷子里，安静又不起眼，稍不注意就会走过去。

等到进店后，才发觉用餐时间也是有严格限定的——不得超过一小时，而且吃不完坚决不给外带，所以，老板会严格控制你的点餐量。

可尽管如此，用餐的过程却很享受。

我们就坐在吧台前面，看着老板在眼前细心地做每一道寿司，而且在食用的过程中，老板还会热情地提醒我们要怎样吃口感才是最好的。

在边吃边聊的过程中，我才明白他那些特殊的规矩，其实都是很合理的。

他放弃批量供应，一次只接待四位客人，是因为他想让每一份食物都包含同样的心意；他不让外带，是因为外带的寿司会降低它的口感；每位客人用餐不得超过一小时，是因为他不想因为你的拖延给下位客人带去麻烦；每个星期必关店休息一天，是因为他不想因为繁重的工作量而变得身心俱疲，将自己喜欢的事变成一种负担。

在如今这个快节奏的社会中，很多人都在不停地忙碌去赚越来越多的钱，可这家店的老板却将生意做得如此文艺，让自己过得如此悠闲，实属难得。

也正如他自己说的那样，当我们为了生活越来越忙碌后，实际上反而是在渐渐地失去生活。

这并不是我们的初衷。

要知道，只有当你从繁忙中空出时间后，你才能看到生活本来的面貌，才能更好地去感受和体验生活。

生活如此，爱情也亦然。

认识CC那会儿，她刚十八岁。

她是一个小有才气的女孩子，又比较多愁善感，那时候，我们经常会在网上交流，只是因为彼此隔着一个网络，所以聊天的内容也并不深入。

真正见到她本人，是在我大学毕业那年，我回大学拿毕业证，刚好得知她也在同一座城市，于是索性约出来见了一面。

从这以后，我们才真正熟悉起来，而后成了朋友。

有一天，她告诉我，她恋爱了。

对方是一个很优秀的男孩子，是她的高中同学，如今在北京读大学。

她跟我说，这份感情让她感觉很幸福，却同时又很痛苦。毕竟，大家不在一个城市，异地恋的煎熬，让她极度缺乏安全感。

多数时候，我都只能当个旁听者。因为，我了解异地恋的痛苦，所以无法给予她更好的安慰。

时隔一年后，她又告诉我，她失恋了。

我有些惋惜，一时不知该如何安慰她。

这一年的时间里，她向我抱怨得很多，我也看得到这份感情里她的付出和痛苦，如今她终于能从这份束缚中解脱出来，我反而为她感觉到庆幸。

只是，因为她自尊心太强，所以我没有去问及她分手的缘由，而且，她也一直在避开这个话题。

如今，五年过去了，CC比之前的自己自信了很多，也漂亮了很多。她身边围绕的追求者也越来越多，可是她却一直没有再跟任何人交往。

有一次我们聊天，她突然说起了她的那个前任。

“你们当初怎么分手的呢？”好奇之下，我问她。

她笑了笑：“因为那时候我们都还太年轻了吧。毕竟异地恋本身就太过考验人的意志，而他身边的诱惑又太多，随便闯进来那么一个人，就让我们分开了。”

有些在意料之外，却又似乎在意料之中。

“那是他不懂得珍惜你！看你现在，市场多好，身边比他好的大有人在。”我开解道，而后又随口问她，“不过说实话，你身边这么多追求者，就没你看上的吗？”

她感慨道：“是啊，比他好的大有人在……”

沉默了片刻后，她又说道：“五年来，我一直不愿意原谅他，现在才发现，这种不原谅伤害的只是我自己，也许我真的该放下了。”

我释然。相信再过不久，她就会遇到真正属于她的幸福。

实际上，我们内心的空间是有限的，很多时候，我们选择谅解他人，也是选择放过自己，让自己的内心变得自由。毕竟，只有当你心底空出了位置，才能更好地让另一个人进入。

舍得舍得，有舍才有得。不就是如此简单的道理嘛。

朋友来南京小游，住在我这儿，晚上一起闲聊，提起以前

的同班同学小娅。

“她现在在家当全职妈妈。”朋友说道。

“这不恰好如她所愿了嘛”，我笑道，“还在读书那会儿，她就经常跟我们说，她的人生目标是嫁个好男人，然后幸福地在家里当个全职妈妈。”

朋友摇了摇头，说：“是啊，我本来也是这么想的，可是这世界哪有那么多幸福的全职妈妈呢？”

我疑惑：“她怎么了？”

“你可能跟她联系得少，所以不知道，她嫁的老公并不是那种体贴的好男人，再加上婆婆也是个不好相处的人，所以她现在过得并不是很好。”

朋友说，小娅结婚后和她婆婆生活在一起，虽然如她所愿当了全职妈妈，可是她老公却经常不在家，偶尔夜不归宿，第二天回来，她甚至会发现他衣服上沾染了其他女性的香水味。当她质问她老公时，对方也只解释说是应酬。

而且，在家里，她婆婆还会嫌弃她这也干不好那也干不好，她找她老公要生活费时，还会被她婆婆拐着弯说她吃闲饭。

我讶异不已，问：“她自尊心那么强的一个人，怎么受得了？难道说，她就那么忍着？”

朋友叹了口气，说道：“我也委婉地问过她，可她说，她舍不得这种睡觉睡到自然醒，醒来做做家务、带带孩子的轻松生活，所以，哪怕她怀疑老公、不满她婆婆，她也只能忍着……”

我很是无语。

这似乎真的验证了一个道理，很多时候，我们并非没有能力看清自己的处境，只是我们甘愿陷在其中不愿自拔。

可是，这样真的好吗？

这世间，谁都不愿意活得比别人差，人生本就艰难，真正该舍弃的东西还是要舍弃的。如果你始终不愿意从“拥有”中舍弃，那么你也终将无法从泥泞中抽离。

这世界本来就是公平的，我们无法拥有所有的幸福。只有在舍弃和放下之后，才能发现，会有一扇新的窗，正为你而开。

那是个全新的世界，那里会有全新的幸福，也会让你有全新的收获。

舍弃旧的光环，才会迎来新的加冕，这是最为朴素，也是

最为直接的道理。

找个时间，整理一下你心灵的衣橱，舍弃那些已经过时并且占用位置的“衣服”吧，空出时间和空间，珍惜该珍惜的，放弃该放弃的，把生活和未来都留给自己。

Chapter 2

先去看过世界再结婚

人生也不需要那么早
就将所有的寄托都绑定到另一个人的身上

过完年回来，办公室的姑娘，陆陆续续结婚的有好几个，到目前为止还是单身的，加上我也就三个了。

于是近来，我们几个人总免不了被一群已婚姑娘们催婚。每每这个时候，我们仨都很默契地保持一致，不管她们说什么都只管负责笑就行了。

一日，和同是单身的夏姑娘一起下班，同路了一段。因为下午才被一群人逮着说了一堆要赶紧结婚的话题，于是，在路上，夏姑娘便兴起跟我聊起这个话题。

我顺口问她："你是想结婚了？"

她听了后，神色一正，说："不，我的计划是三十岁再结婚。"

看着她一脸正经的样子，我有些好笑地打趣她：“三十岁？如果我没记错的话，你现在才二十五岁吧，还有五年呢，这计划还挺远的。”

她摇了摇头，表示：“一点都不远，我还嫌五年太短了。毕竟，我还没有好好地看过这个世界呢，哪能这么早就被婚姻绑住。”

说真的，这话乍一听上去，总有种小女孩不知愁滋味的天真感。而且，放在传统婚姻观念的中国，更有着一股子叛逆的味道。

可实际上，这却代表着越来越多的现代女性的想法了。

夏姑娘告诉我，她毕业时，她爸妈就不停地劝说她，让她回家找份轻松的工作，那会儿，他们给她相中了一个家境不错的小伙子，回去谈着合适就可以结婚。

留在家里，有房有车，不愁吃喝，工作也轻松自在，的确是很美好的样子。

她说：“那种生活乍一听上去，确实美好。可是越是细想，我越是没办法接受。虽然说，小城市也不一定就不好，可是，我却不能忍受自己一辈子的生活就限定在那儿了……”

她说，现在那么多人说大城市生活多么艰难，房价多贵，工作多么累，可是她依旧还想着要去大城市闯一闯、看一看，或许在许多年后，她不一定会留在大城市，但是至少，她一定要让自己在三十岁前，在大城市好好地生活一番。

聊着聊着，突然，夏姑娘话锋一转："我最近刷朋友圈，屏蔽了好几个初中同学。"

"怎么了？"我有些莫名，只能顺这话问她。

"其实也没有什么特别的缘由，你应该也有那么一些同学，毕业就回家结婚了，年纪轻轻就在家里'享福'，做着一份无比轻松的工作，下班就回家，带带孩子，家长里短的。朋友圈里不是在晒娃就是在晒老公，要么就是自拍照……"

我赞同地点了下头。

接着，她无奈叹了口气，说："我也知道，各人有各人追求的生活，只不过，还是为她们觉得可惜。这么年轻，就被家庭和婚姻束缚住了，每天过着千篇一律的生活，真的，太可惜了。"

不得不说，我很赞同她的话。

虽然大家各有各的追求，我们在大城市里拼命地努力工作，也不见得以后就能真的留在这里，可是，不管结果怎样，至少在大城市生活过的那些年里，我们见识到了不一样的生活和人了。

可能，早早结婚对她们而言是很满足的一件事，可是就像夏姑娘说的那样，有些可惜了。

没去体验过世界的广阔，没去感受过大城市的生活，早早地就被婚姻和孩子束缚住，至少，这种生活不是我想要的。

想到前两年，母亲还是会不停地劝诫我，让我回家考个公务员，说那样既轻松又稳定，不用像现在这样一个人在陌生的城市里拼搏，苦了累了，都只能自己扛着。

尽管如此，又怎样呢？我依旧生活在这里，乐在其中。

世界观和价值观是一种很奇妙的东西，你处在什么样的环境，接触什么类型的人，那么，久而久之，你就会因为“合群”的关系，变得跟周围人一样了。

早早地进入婚姻，早早地生儿育女，然后被绑架在婚姻和家庭里。

下班了就三三两两聚在一起，比谁家房子面积大，比谁家老公挣钱多，比谁家孩子有出息……

看到那个迟迟不结婚的邻居家的闺女，不是猜测她要求太高，就是说她性格有问题，更甚，还会装作感同身受地表示——看着她表面光鲜，指不定心里很苦。

之所以会这样，还不是因为，她们根本就不知道，那个小城以外的生活，到底有多么的与众不同。

那里有太多三十岁还不结婚的女人，她们不只是表面光鲜，内心更是充实多彩。她们有独立生活的能力，她们不需要靠男人也能得到自己想要的。她们不会因为害怕“不合群”而委屈自己，她们知道，自己等的人，迟早会来。

那里还有结了婚也依旧活得像单身的女人，她们独立自强，她们从不将自己限定在婚姻和家庭当中。除去老公和孩子，她们还有自己的生活圈子，读书、美食、护肤、运动，丰富而美好。

你瞧，这才是理想生活的样子，不是吗？

我并不是说年纪轻轻就结婚不好，而是说，不要年纪轻轻就将自己束缚在婚姻里。

一个人，只有先去看过世界，见识到不同的生活方式，见识了不同的男人和女人，才能更加清楚，自己想要的婚姻到底是什么样子。

你尚且年轻，没必要早早地就为了一个人，而放弃自己本可以变得更加广阔的世界。

人生也不需要那么早，就将所有的寄托都绑定到另一个人的身上。

有一个学姐，毕业那年，因为男朋友在武汉读研的关系，去了那边工作。

离开前，她跟我说，其实她根本不想去武汉，因为她很清楚，她不喜欢那个城市。她理想中的城市，是北京。

可最终，她还是选择去了男朋友的身边。

只是，她在武汉工作生活了两年，就离开了武汉。同时，也因为她离开武汉的原因，男朋友跟她分手了。

记得差不多一年过后，她打电话给我，跟我说，她终于在北京落脚了。

听着她轻松且兴奋的声音，我很开心地跟她说了句“恭喜”。

那时，她在电话里告诉我：“毕业跟他去武汉时，我的世界只有他，哪怕那个城市我再不喜欢，我也觉得没有多大关系。我那会儿以为，只要他幸福，我就是幸福的。可是，两年的时间，我越发觉得，那种生活真的太压抑了，没有朋友、没有理想，只有他的世界，真的太可怕了……”

学姐后来跟我说，到了北京，她才真正地活过来。

“我现在才敢很肯定地告诉我自己，我不后悔当初离开武汉。这一年的时间里，我清楚地认识到，我想要的生活到底是什么样子。”

就在去年，她在她喜欢的北京，遇上了她人生的另一半。

后来，她在朋友圈里说：“只有先看过世界，才懂得幸福真正的样子。”

大抵如此吧。

当你尚未看过这个世界时，你就如同一张白纸，谁都能在你上面作画。那些关于幸福的标准，也只可能是别人灌输给你的。

你不知道自己想要的生活是何种形态，于是，你只能随着父母或是爱人的想法，去定义自己的人生。

只有当你看过世界后，才会明白，原来，独立的人生观、价值观，如此重要。

这个时候，你不再是一张可以任由他人胡乱作画的白纸了，你已然有了自己的线条和色彩。久而久之，自有相融的缘分，慢慢走来。

亲爱的，你尚且年轻，别这么急着束缚自己。

相信我，等你看过了世界，你自会明白幸福的样子，那个时候，你的世界自会变得不再一样。

Chapter 3

请你不要被留在原地

读书真的不仅仅是为了获取知识
更重要的是
它避免了你的思维固化

《圣经》中“马太福音”第二十五章里有这么几句话：“凡有的，还要加给他，叫他有余；没有的，连他所有的也要夺过来”。

后来，美国科学史研究者莫顿以这个典故概括了一种社会心理现象，命名为“马太效应”。简而言之，即强者愈强，弱者愈弱，多者愈多，少者愈少。

这是世间最为冰冷的规则，可是，却又无处不在。

残酷吗？不，这才是最真的现实。

可你真的怕了吗？又似乎并不然。

我知道的是，面对如此残酷冰冷、暗潮涌动的社会现状，依旧还有很多年轻人在犹豫是要回归到生活惬意的小城家乡，还是奔赴大都市辛苦打拼开拓人生，这当中包括我的朋友、亲人。

表兄的大女儿刚毕业，现在也在南京工作，年初跟她一起回南京，路上跟她聊天，她一直在问我一个问题：我是应该继续留在南京工作呢，还是回家乡呢？

在我还没有开始回答前，她自己先开始分析了一番：南京虽然工作机会很多，但是工资普遍不高，而且房价偏高，大学很多，每年的毕业生也很多，就业竞争压力大。回家呢，家里的一个伯伯在国企工作，可以给她安排一个职位，既轻松又离父母近，很方便。

听她絮絮叨叨说完半个小时后，她又问我：你帮我分析看看，我应该怎么选呢？

还有一个朋友，名牌大学毕业，毕业后先后去了深圳和上海，以谋求更好的发展。可最终还是因为各种原因，选择回到了家乡，在那座小城当了个公务员，每天上午十点上班，下午五点就下班，工作内容不多，没有考勤，无比轻松。

去年他突然问我：我现在看到你们的生活，感觉多姿多彩的，突然觉得我这样的工作，很没有前途。你觉得，我是不是选择错了呢？

我无法准确地说哪一种选择是绝对正确的，因为不管如何抉择，人都要为自己做出的选择承担责任。

我们出生在何种家庭完全依靠运气，这一点是无法改变的现实，经济基础决定了我们选择的路途会有不同。即使在同一个起跑线上，富裕家庭的孩子获得的成功率也会更大一些，因为他们接收到的信息和社会资源会更多一些。

世界上有很多出身贫苦却成功改变命运的例子，但这都是特例，特例就是在大的人口基数下仍然是非常稀少的一部分，因为世界上最多的故事依旧是普通人平凡地度过一生。

十年前、二十年前，可能大家都还在津津乐道寒门出贵子，逆境出英才这样的话题。而社会中也不缺这种例子，哪一所大学的高才生，哪一家百强公司的创业人，似乎他们的人生经历都给我们证实了——读书改变命运。

可是如今呢，一个又一个数据让我们不得不承认，农家子弟考上北大清华的比例真的越来越低了，而出生于精英家庭的子弟呢，扎了堆地进名校。

于是，很多绝望的底层家庭，开始高喊读书无用论，直接

İç Hat Transit Yolcu
Domestic Transit Passenger
Dış Hat Transit Yolcu
International Transit Passenger
Dış Hatlar Bagaj Alım
International Baggage Claim

让孩子放弃高中、大学，直接选择读个职业技术学校，学门手艺就出来赚钱讨生活了。

老家有一个邻居，他的两个孩子均在外打工，他经常跟我们说："读个初中就行了，读多了也没用的！你看以前，大家都认为我目光短浅，说我舍不得给孩子读书，可现在呢，还不是有很多人反过来找我帮忙，让我儿子帮他们家孩子找工作。"

他屡次强调："读大学不也是为了找一份好工作，可你们看现在，大学生到处都是，一点都不稀罕。再说，现在机会多的是，不一定非要上大学的。"

在他们眼里，当今教育的起点越来越高，大学毕业生遍地都是，好工作的门槛也是愈来愈高。孩子读个普通的大学，毕业后又不管分配工作，这不但浪费时间，还比不上早早就出来打工挣钱来得强。

而且，邻里乡亲的多的是没读过多少书的土豪、领导，面子压过一切。

更重要的是，不读书不但能省下一笔巨额的教育费用，还多了一个挣钱的劳力，一亏一赢，一目了然。

可是事实真的如此吗？读书真的越来越没用吗？

诚然，以上说的这些的确是当今社会真实存在的社会现状，但是我还是想说一句：龟兔赛跑，如果兔子拼命地向前跑，而乌龟却越发的懒惰，那会怎么样呢？

答案显而易见。

的确，现在读大学并不是一件什么了不起的事情，读书也不一定就能立刻改变命运，但如果你真的放弃读书，那么，你将连进入上一层社会的门票都买不起。

更甚，你可能会滑落至更底层，而你的孩子，你的后代，也将离上层社会越来越远。

妹妹手里有一个学生，有一次她给我看她跟那个学生家长在一个群里的聊天截图，我第一眼看到的是群名称——某某课外辅导群，那个某某就是这个孩子的名字，我一看群人数，吓了一跳——八个，除去孩子父母和孩子自己，还有五个，全是他的课外辅导老师。

我很是惊讶地跟妹妹说，这孩子也太辛苦了，光一个课外辅导就这么多老师呢，妹妹发了一个大惊小怪的表情，说道："这只是他学校上的科目的课外辅导群，还有各种兴趣班没算呢！"

妹妹称，孩子每天早上七点起床，晚上八点才结束课外辅导班，回家后还要写作业，完成作业还要温习一下当天兴趣班的内容，一个星期要看完一本课外读物，其中包括历史、地理、科技等。

我听得目瞪口呆，问："他家长也太残酷了吧，把孩子逼得这么苦！"

妹妹说："这你就错了，其实很多都是他自己要求的，家长偶尔还劝劝他如果累了就不要学了，可那孩子自己不愿意，因为他有一个目标，那就是超过他老爸……"

听完她这么一说，真的是让我感慨良多。

我很艰难地让自己更进一步地看清现实，不得不承认，"马太效应"真的无时无刻不在影响着这个社会。

哈佛公开课《公平的起点是什么》里说过："即使是努力本身，很大程度上也依赖于幸运的家庭。"

当今社会里，教育成本之所以越来越高，无非是父母都想让孩子赢在起跑线上，争相送他们进好一点、更好一点的学校。

我身边有很多同龄的朋友，他们的孩子已经到了读幼儿园的年纪，她们每天都在想着，如何让自己的孩子进最好的幼儿园。甚至，有些朋友为了让孩子进更好一点的幼儿园，不惜花重金购买学区房……

有一个朋友在深圳，她自己是大学辅导员，她的孩子今年九月就要入园了，她毫不犹豫地送她去了贵族幼儿园。

用她的话讲，她给她孩子选择的不只是一所幼儿园，而是她将来人生道路上的同学、朋友。这样的话，将来她孩子的路将会走得更加顺畅一点，更远点说，她孩子的孩子，相对而言，也会负担更轻一点。

怎么说呢，这件事放在十年前可能我还会觉得她很势利，可如今却不得不承认，这就是现实。

众所周知，两位罗斯福总统都毕业于哈佛，而布什家族四代都是耶鲁校友，小布什曾经在竞选的时候还开玩笑说过："我继承了我父亲一半的朋友。"

所谓的人脉、财富、意识、资源，真的是父传子、子传孙，代代相传的。

这个时代实在是变化发展得太快，谁也不知道未来到底会是什么样子。

你必须要明白的是，读书真的不仅仅是为了获取知识，更重要的是，它避免了你思维的固化。通过不停地学习，你将越来越了解这个社会，了解这个世界，如此这般，你才不至于被这个时代所淘汰。

要知道，当前的社会，“人工智能”的变革已经悄然来临，而将来的社会，“机器换人”也是一种必然的趋势。

你只有通过不停地学习，才能追赶得上这样的脚步。这不是一个赚钱多赚钱少的问题，而是未来你还能不能保住饭碗的问题。

所以说，阶层固化固然残忍可怕，可比之更为可怕的，是你还没开始挣脱束缚就已经放弃了努力。

要知道，世界上永远都会存在这样一类人，他们可以超越自己的出身、家庭、环境，挣脱时代对他的束缚，掌握新世界的运行规则，让世界对他另眼相看。

现在我们回归最开始的那个问题，不管是精英回归小城市，还是毕业留在大城市，这只是我们选择一个居住的地方，大城市里有无数为城市奉献了青春的人，小城市也有很多隐居的成功人士，而我们唯一能做的，就是认清自己的前方，比别人多做一份努力。

LTD
208 FIFTH AVE.
208 FIFTH AVE.
SAFARI OUTFITTERS LIMITED
SAFARI OUTFITTERS LIMITED
BAR ★ GRILL
SAFARI
SAFARI
TAXI
Yellow
Cab Co.

我从来不相信“读书无用论”，人的认知能力，是他接触的人、读过的书、见识过的世界的平均值。好的大学就是一个人脉的聚集地，认识更优秀更有见识的人，认知能力才会更上一个台阶。

我们尊重成功的概率，接受最差的结果，你想出人头地，你就要比别人多吃一份苦，多尽一份力。出身只是一个起点，真正决定人生终点的，是选择和努力。大城市也好，小城市也罢，但请你不要被留在原地。

Chapter 4

不回微信就别发朋友圈

为人处事，对他人的尊重和礼貌是最基本的修养和素质。

一位性子很是柔和的友人，最近跟我说了一件事，在跟我叙述的过程中，好几次她的情绪都颇为激动和气愤，言辞之间也难得较为犀利。

她有自己的微信公众号和数量不小的粉丝群，基本每天都会在公众号里更新一篇文章。

她说，有一个大学时期关系还算要好的同学，那姑娘感情经历比较丰富，而且每一次恋爱都很戏剧化。对方经常在面前提及，让友人哪一天也写写她的故事。

友人欣然答应了，但因为是熟人，这些故事反而迟迟难以动笔。她深思熟虑了很久之后，才认真地写了起来，斟词酌句、修修改改了很久后才完成了这篇故事。

于是，友人很是满足地把故事发在了公众号上，然后将链接分享给了她的那个大学同学。并且，还发了一段消息过去，大意多是自谦，说她自己文笔欠佳，故事写得不好，不要笑话之类的。

可是，这段消息和链接发过去后，对方却迟迟没回她微信。友人内心忐忑地等着，心想着她发的时间是凌晨十二点，可能对方已经睡着了，明天醒来看到了应该就会回了。

等到第二天，一上午过去了，依旧不见对方回复，她想着，或许对方上午工作比较忙，所以还来不及回她。

这时，她已经打开了微信，索性就去翻了翻朋友圈，结果发现对方刚刚更新了状态，晒的是刚刚在家做的一款蛋糕，还有她本人嘟着嘴的自拍照，配着文字说："今天闲着无聊，自己做了蛋糕，卖相还不错吧……"

友人这会儿心里就有些不舒服了，既然对方今天没去工作，而是在家闲着做蛋糕，难道是没看到她发的微信？虽然如此，友人还是顺手给对方的状态点了个赞，并留言说"蛋糕很漂亮"。

一天过去了，到下午的时候，朋友又发了条微信过去，问对方是否看完了，感想如何，结果一直到晚上都没能等到回信。更可气的是，友人晚上刷朋友圈的时候，发现对方朋友圈又更新了好几条动态，有她带小孩出去玩的，有她跟她老公合影秀恩爱的，还有在共同好友状态下互动的，就是始终没回她。

“甚至，连我之前发在她状态下的那条留言，都只是孤零零地挂在那里，没有得到任何的回复！”

说到这，友人气得不自觉声音都变了。这是这么多年来，我第一次看到她如此大的情绪波动。

“我真的很想当面质问她，是我在什么地方什么时间得罪过她吗？以至于让她觉得回我一条微信都是多余的？！”

友人喝了口水，接着说道：“她这是明摆着告诉我，她一天要刷好几遍微信，可就是不想搭理我，是吧？！故事是她让我写的，我怀揣忐忑写了那么久，结果竟然被她这么一言不发地冷处理掉了，我光是想想，都觉得自己傻透了！”

现实中，这种事情还真有不少人都经历过。

你热情满满地给对方发了微信，怀着万分期待的心情等着对方回信息，结果熬到你所有热情都耗尽了，却发现对方依旧毫无回应。然后，你在心底默默地安慰着自己，体谅着对方，却冷不丁地看到，他刚刚更新了动态。

那么，对这种人，你还有什么好期待的呢？

所以，再见，拉黑——是给对方最好的成全。

我有一位女同事，她是个特别讨厌被人冷落的人，如果对方迟迟不回她信息，她就会莫名地情绪暴躁。

她之前有一个相亲对象，大家对彼此的第一印象都还不错，所以他们觉得可以试着交往看看。

一开始，她就将自己这点忌讳说给对方听了，她说："如果我发信息给你，你有事没时间跟我细说，就跟我说句在忙，我就知道了。如果你是没能看到信息，很久后才回，就先解释下之前有事就行了。"

她说，这是人与人相处，最基本的礼貌问题。而且，这些细节能让对方感觉到自己在被尊重。

去年圣诞节前一个星期，她那个试交往的相亲对象跟她说："我近期会比较忙，所以如果没能及时回你信息，就表示我没看到手机，到时多多见谅。"

同事表示能理解，事先说明最好不过。

接着对方表示圣诞节那天他应该有空，所以邀请同事一起过节，至于约在哪儿，他到时想好会通过微信告诉她，同事欣

然应允。

到了圣诞节那天，同事早早起床，还特意画了个漂亮的妆。只是，等了一上午，都没等到对方的信息。所以，她就主动发了微信给他，问需要她几点出门。

同事说："我一开始还挺期待跟他一起出去约会的，结果他迟迟不回我信息。我只能安慰自己，他打过招呼，说最近他都比较忙，说不定还没看到微信，所以再等等好了。"

这一等就等到了下午，她等得都情绪焦灼了。

为了打发时间并安抚情绪，她就跑去理发店，一边修剪头发一边等。待在理发店的一个小时里，她时不时就摸出手机看看对方有没有回微信，结果始终都没有回音。

出理发店门时，她再次打开微信，和对方的对话框里，还是她上午发过去的信息，这让她微微有些失望。

"你知道吗，我那会儿刚好去翻了翻朋友圈，发现就在半个小时前，他才更新了好几条状态，还都是小视屏的形式，内容是他在游乐场里挑战极限过山车和跳楼机！而且，视频里他兴冲冲地表示，今天玩得很开心！"

"那一瞬间，我都气炸了！"同事一边说着，一边拿着扇子狠狠地扇着。

所以当时，她二话不说，就直接把对方拖进了黑名单。

同事说：“呵呵，他真忙！忙得只有空玩，没有空回我微信！在我看来，他这就是明目张胆地告诉我，他所谓的忙，只是不想搭理我！那真是抱歉了，我连生气都懒得生了，所以拜拜，再也不见了！”

更不可思议的还在后面，对方直到第二天才发现同事拉黑了他，这才打了电话过来，解释说他最近压力太大，昨天去游乐场放松了下，没回微信是想着两人交往这么久了，她会懂他，爽约也只是因为忘了昨天是圣诞节……

同事听完，笑了笑，说：“嗯，我理解。不过对不起啊，我真的不懂你，也不想懂你！所以，你就当我无理取闹，不通人情好了，再见！”

说罢，挂断电话，电话拉黑，从此没有再联系。

这种情况下，任何人都会有些情绪吧。

我有一个做设计的朋友，成天嚷着想接点私活挣点外快。

之前我跟他说，让他去网上搜索一下，说不定能接到单，他觉得那种方式太麻烦了，赚不到钱。后来，他跟身边一圈的人都打了招呼，说如果我们谁身边有人有设计上的需求，可以介绍给他。

刚好去年下半年，我另一个朋友自己创业，开了个网店，因为他不懂设计，所以需要找人给他设计店铺。于是，我就去找他，发微信问他最近有没有空，至于报酬，让他自己预估着工作量来报。

他微信回我说："嗯，最近有点忙，过两天给你答复吧。"

过了几天，朋友来问我对方有没有给答复，我这才想起来，已经两天多了，但他还没有回复我。我猜想，应该是他最近工作比较忙的缘故，于是就再发了条微信过去，含蓄地表示，如果实在太忙没空接这个活，我就去找别人了，毕竟我朋友这边也急着要设计店铺。

这条消息发出去，一天过去了也不见有回复，晚上下班的路上，我翻了下朋友圈，发现他这一天下来陆陆续续更新了好几条状态。

上午抱怨说自己上班迟到了，又要扣工资了；下午说他办公室有人请喝下午茶，还晒了张下午茶的照片。而最新一条就在一分钟前，表示他连续一个星期没有加班，约人一起吃晚饭庆祝去了……

我顿时怒不可遏！

这事情是他让留意的，结果我好心给他介绍，却丝毫不被尊重。

为人处事，对他人的尊重和礼貌是最基本的修养和素质。

不回微信的人就不要发朋友圈了，也别去共同的好友下面留言互动。有什么话挑明了说，不要用这种方式来作贱人。人与人之间是相互的，你既不懂得尊重我，那我觉得也没必要尊重你。

Chapter 5

你的风姿，来于你对自己的尊重

无须去做一个人人都喜欢的人，
而是做一个真诚和勇敢的自己。

云澜爱上了一个男人。

为了让对方喜欢自己，她每天找着各种各样的借口，主动去对方家里给他洗衣做饭，甚至还倒贴成了对方的自动取款机。

是的，两个月后，她终于得偿所愿，追到了对方。

紧接着，她毫不迟疑地就搬去和对方同居，包揽了所有的家务，对方的一切要求她都尽力满足，每天嘘寒问暖，奉献着自己。

两年后，她主动提出要结婚时，对方却说，他不想娶一个没有主见的女人。甚至最后，他连声招呼都没打，就直接从她的生活里消失了。

另一个姑娘魏微，也是差不多的情况。

她结婚三年多了，每天辛勤地操持家务、煮饭烹茶。

而且，她很是听她老公的话，一切生活都围着对方打转，甚少反驳对方的意见，总是一味地迁就和赞同。

只是，这一切都没能得到任何回报。

就在去年，她老公出轨了，她哭着找她老公要个说法。

对方给出的理由是，说她太没有主见和担当，无法跟他一起承担家庭责任，和她一起生活太累。

同事汪非，言语刻薄又犀利，从来不知道讨好他人为何物。

一开始认识她时，我不是很习惯她的那种表达方式，可是后来越来越熟悉后，却让我变得无比地喜欢她。

有一次我问她："你说话总是这么不给对方留面子，真的不担心没有朋友吗？"

她有些鄙夷地跟我说道："那你看到的，我人缘差吗？"

说句实话，她人缘真不差，甚至比那些平时表现得圆滑周到的姑娘都好。

出去跟客户商谈方案，客户总是喜欢指手画脚地改这改那，而她，总会第一时间站出来，用最为专业的态度告诉对方，那样不可行，她不赞同更改。每每到最后，都是客户被她折服，并且很是赞赏地表示，他们听从她的意见。

跟领导一起讨论工作，遇到意见不一致的情况时，她从来不会放弃自己的想法去迎合领导，而是会站在旁观者的角度，去指出领导想法里的不合理因素。而领导也多次对她这样的做法，表示认可和欣赏。

在办公室里，对于那些不是很喜欢她性格的同事，她从来不会觍着脸去讨好他们，而对于那些真心对她好的同事，她也从来不吝啬于给予他们帮助。

她跟我说："那些气场不和的人，不喜欢我，反而是我的荣幸，因为正好，我也不喜欢他们。"

近来我和两个同事一起，去另一个已经做了母亲的同事童倩家里做客。她八岁的女儿西西穿着一件鹅黄色的公主裙，和她一起站在门口迎接我们。

童倩的母亲在家跟她一起带女儿，我们过去的时候，她母亲正在厨房里忙活。我们几个坐在客厅里聊着天，突然，童倩放在茶几上的手机嗡嗡响了起来，她只是看了一眼，没有接。

同事奇怪，问她："怎么不接呢？"

童倩看了眼她正往厨房走去的女儿，跟我们解释起了前因后果。

原来，在我们来之前，她接到一个电话，她老家一个亲戚的女儿，看中了她女儿西西的一件小公主裙，想借去穿一天，说是要去参加一个演讲比赛，没有衣服穿。可是，那件衣服是西西今年过生日，她爸爸给她买的生日礼物，她特别喜欢，自己都没舍得穿几次，所以不肯借。

童倩没办法，看到女儿那么喜欢，所以也就没有强行要求她必须借，只好拒绝了那个亲戚，并表示可以借一件其他的裙子给她。可是对方执意要借这件，最后童倩只好表示再跟女儿商量看看，就挂了电话。

这不，还没过一会儿，对方就打电话过来问结果了。

童倩有些无奈地说道："西西态度很坚决，就是不愿意借。没办法，我只能尊重她的意见。就是还没想好回绝的话，所以等一会儿再给她回过去好了。"

不过这等一会儿也并没有等多久，因为十分钟不到，对方电话就又打了过来。

童倩接通电话后，委婉地表示西西很喜欢那件裙子，所以不能借给她了。但是，如果亲戚的女儿真的偏要借那件裙子，那她可以给亲戚的女儿买一件。

对方听后，很是不高兴，表示不需要她买，而后语气不善地讲道："你女儿那么小气，你这当妈的以后可要好好教育她！一件裙子而已，借来穿一天都舍不得，一点都不讨人喜欢……”

童倩听完对方这么说后，有些生气地回道：“不好意思，我怎么教育女儿那是我的事，就不劳你费心了。”

说罢，便挂断了电话。

因为对方说话的声音比较尖锐，所以我们也都听到了，直叹对方不可理喻。

这时，她女儿突然跑过来抱住了她，抬着头跟她说道：

“妈妈不用生气，我才不用她喜欢，反正我也不喜欢她。”

很是天真的话语，却让我们几个目瞪口呆。

用餐时，她女儿笑容满面地坐在餐桌上，小大人般学着她妈妈，给我们介绍哪道菜好吃，让我们多吃点，尽显大方。

离开的时候，一同事忍不住跟她说道：“你女儿被你教育得很好，你不用在意那些不好的话。”

童倩笑了笑，说：“小孩子都是敏感的，所以我宁可她任性一点，也不愿意去教育她为了讨人喜欢而委屈自己。”

是啊，为什么要为了去讨谁喜欢而委屈自己呢？

我们这一生，是不可能让所有人都喜欢的。你不喜欢我，那正好啊，因为，我也不喜欢你。

可能你从小就被教育说，要学会合群，要学会讨人喜欢，不要轻易得罪人。

于是，你在成长的过程中，为了遵从这种教导，压抑着自己，不敢轻易表达自己的想法，努力地做一个“讨人喜欢”的人。

结果呢，却并没有多讨喜。

你被人说成没有主见，所以不被重视，甚至，他们忽略你的感受，哪怕你退让付出得再多，也没有人尊重你、珍惜你。

所以说，一味地讨好和取悦他人，是无法真正得到你想要的东西的。

人性本来就是奇怪而矛盾的，喜欢别人说自己好，但是却又瞧不起那些只会奉承自己的人；希望别人全心全意为自己付出，却又看不上那些整天只围着自己转的人。

讨厌那些不肯向自己的钱财和地位低头的人，却又莫名地会高看对方一眼；气恼那些不愿意来取悦自己的人，却又不自觉地佩服对方的骨气……

面对如此复杂和奇妙的人性，我们要做的不是去讨好和取悦谁，而是勇敢地做好自己，尊重自己，善待自己。

无须去做一个人人都喜欢的人，而是做一个真诚和勇敢的自己。

拥有自己的立场和原则，不管是恋人、同事还是领导，都不用刻意去讨好和取悦。

这一生当中，我们需要有这样的魄力：既做好陪他人走上一程的打算，又保持着随时和他人分道扬镳的能力。

只有如此，你才能不委屈了这一生。

最后的最后，我想如是说：

他人的善意和赞美，不过是你善待自己的意外惊喜。

你的风姿和骨气，也不过是你尊重自己的水到渠成。

Chapter 6

不是别人在炫耀，是你自己过得差

这世界真正可怕的并非是贫穷，
而是贫穷让你对这个世界充满了偏见。

小妹毕业至今有近六年了，一直在杭州工作。

她去杭州的前几年里，一直都是跟人合租，难免总会碰到那么一两个比较难相处的室友。其中有一位，让她特别无奈。

这里就称呼她为H小姐吧。

H小姐比她小两岁，是她公司的前台，因为H小姐要租房子时，碰巧与小妹合租的上一个室友离开了，于是小妹就问她要不要租，因为租价比较合理，H小姐没多做考虑就租下了。

小妹说，H小姐在她们公司待了快三年，可据她自己说，工资一直没涨过，作为前台，又不涉及奖金分成什么的，所以每个月固定就那么点钱，在杭州那个地方，一个月三千左右的工资，生活过得还是比较拮据的。

而小妹呢，是那种工作比较拼的人，虽然毕业才不到六年，但是工资却已经不低了，每个月最多时过万，最少也有八九千。再加上几年下来，也已经有了一笔不小的存款，所以平时花钱也比较大方。

因为同住在一起，所以，小妹每次出去改善伙食时都会带上H小姐，而且，为了照顾对方，也从来没让她付过钱。她们在一起住了快两年，H小姐两次过生日都早早地通知了小妹，所以，小妹两次都送了她礼物，虽然没有多贵重，但也是对方心心念念了很久的东西——纪梵希的口红、一条两三百的丝巾。

至于小妹的生日呢，第一次是因为她在外地出差，所以任何人都没通知，自己在外面随随便便就过完了。而第二次，就比较戏剧性了。

小妹说，那是她过生日的前一个月，她刚好因为肚子痛在洗手间隔间里多待了一会儿，然后听到H小姐和另一个同事进去了，过了一会儿，她们聊起了天。

H小姐跟那个同事说：“你说童欣这人是不是故意的，明明知道我工资低，还跟我说她快过生日了，这生日礼吧，便宜的她看不上，贵的我又买不起。”

“呃……她什么时候跟你说的呢？我们怎么不知道她快过生日了？”

“就昨天，跟她一起吃饭的时候，她妈给她打了个电话，问她想要什么生日礼物来着，她当着我面接的，我还能装作不知道吗？”

“那你过生日，她有送你什么吗？”

只听见H小姐轻嗤了一声，然后说道：“送了……我那只纪梵希的口红，还有你一直说好看的那条丝巾都是她送的，搞得跟她多有钱似的，显摆。”

那个同事尴尬地笑了下，说：“那你不也收了，而且，看你平时不也挺喜欢的嘛。”

“白送的我干嘛不收，再说了，我只是看不惯她平时在我面前那副炫耀的样子，就像谁不知道她工资高一样。有点钱多了不起啊，送个礼物都是好几百的……”

两人在一个屋檐下生活也快两年了，小妹带她出去吃饭，她当面嘴甜得很，送她礼物，她也是开开心心地收着。谁知道，她人前人后竟然差别这样大。

小妹说：“当时要不是顾忌到还有一个人在，我真想出去告诉她，不是我爱炫耀，是她真的过得太差！两三百块钱的东西而已，也就她一天到晚嫌贵！那会儿我是真的明白了，一个人可怕的不是她穷，而是她的穷让她对别人充满了偏见，却还偏偏理直气壮。”

真的就是这样。

那些年，我们口袋空空，什么都买不起，所以只能嘴硬地说着：

一个包包一两万？简直有病才会买吧，贵的有什么好的，败家，适合自己的才最重要！

一顿饭人均两千多？吃的是金子吗？再好吃也就那样吧，进了肚子第二天不照样要被冲进下水道。

一件大衣两三万？又贵又丑，真搞不懂有钱人的审美，不就是一天到晚穿着显摆。

……

可实际上呢？

好几年过去了，如今，你背着的是当年说有病才会买的那个牌子的包包，偶尔也会去趟那些消费昂贵的餐厅里吃饭，至于那类又贵又丑的大衣，你衣柜里也已经挂着两三件了。

你总是忍不住感叹，“贵的有什么好，合适的才重要”这句话真的太虚伪了，因为啊，合适本身，就价值不菲。

这并不是说我们就该拜金，只是，金钱真的能改变我们太多。

想要的东西马上就能买，再也不用只是站在玻璃窗前看着；喜欢吃的东西可以随时去吃，再也不用想着要努力多久才有资格犒劳自己一次；想去的地方立刻就可以去，再也不用一次又一次地计算着哪天出行打折机票最便宜。

人生苦短，你的努力能换来金钱，你的金钱能带你去实现愿望，这是一件多么荣耀的事。

而且，你内心也很明白，这并非炫耀，而是一种满足感和安全感的体现。

接着来跟你们说说我家那个霸气的小妹好了。

她是个狮子座的女生，自尊心极强，从来不会在人前表现出软弱的一面。所以，她刚毕业去杭州那一年，哪怕身上穷得叮当响，每天只能啃啃馒头，也不愿开口向任何人借钱，哪怕是家人。

她就那样自己咬着牙，过了最困难的毕业初期。

或许真是因为那会儿实在太穷了，日子又过得很苦，所以难免有种吃不着葡萄说葡萄酸的心理，见不得有钱人，经常在我面前说那些人败家。并且还不忘强调，总有一天，她也会很有钱，到时，她就不会像他们那样，买那么贵的东西。

第二年，她慢慢能挣钱了，只是还有过穷日子时的阴影，哪怕有点钱也舍不得花，只想着存起来有安全感，依旧无所谓地买着网店同款，吃饭只管饱腹。

到了第三年，她去逛商场，看到一件很合眼的衣服，试穿后发现，原来她也可以有被外在服饰衬托的气质。看到标价后，她纠结了很久，最后还是咬咬牙买了下来。回到家后对着镜子，她突然发现，原来那些网店同款，与真货真的不是一回事。

到第四个年头，她已经小有积蓄了，她很潇洒地说走就走，去了她一直想去的地方，见到了不同的风土人情，眼界也变得开阔了。她说，原来不被贫穷所束缚的生活，才能称之为生活。那些畏手畏脚的日子，限制的不只是她的眼界，更多的，限制的是她的心界。

那是她第一次觉得钱并不代表罪恶，而是一种工具。那些有钱人，他们也从来不是在炫耀什么，而是那就是他们的价值观，那是他们能力的表现，没有什么大不了。

一个亿而已，对他们而言，不过是个小目标。

谁都没有时间去炫耀什么，想想，只不过还是自己过得太差。

这世界真正可怕的并非是贫穷，而是贫穷让你对这个世界充满了偏见。

你因无力拥有更好的东西，所以只能去仇视那些能拥有的人。这种来自灵魂的偏见，让你不停地扼杀自己的可能性，倘若继续下去，那么，它们真的会让你再也见不到更好的生活。

你还年轻，为什么要如此呢？

金钱有什么不好？好的生活、贵的东西，又有什么不好？你如今这么努力，不就是为了这些吗？

何苦为难自己，何必口是心非。

放下你的偏见和固执吧，真的不是别人在炫耀，而是你过得太差。

时间还长着呢，不如去好好奋斗，谁不是在一地鸡毛中冲出一条血路，体面的生活只有自己能给自己。这个时代是公平的，付出多少，就收获多少，你爬得越高，风景就越好。

Chapter 7

最好的投资就是提升自己的幸福感

我们不应该羞于谈钱，
我们想要的自由和独立只有钱能带给我们，
我们花钱的目的是为了买到“幸福感”。

在一位朋友家里做客，她在厨房里准备午餐，我在客厅里看着电视。

电视里正在播着《金星秀》，恰逢金星在采访刘嘉玲，金星问道：“听说你有八亿资产，有这么回事吗？”

刘嘉玲随口便回应道：“我不止八亿……”

这句话惹来现场一阵阵笑声，在这笑声中，她很自信地摊了摊双手，淡然地说道：“我整个人是无价的！”

那一瞬，我觉得她整个人都是发着光的，那种淡定而不造作的贵气，透过电视屏幕都能让人清晰地感觉到。

我感叹地回过头，跟正端着菜进餐厅的朋友说道：“刘嘉玲这样的气场，怕是我一辈子都无法企及的了。”

朋友放下盘子，轻轻笑了下：“你又何须到她那个高度，好好赚钱，好好生活，你也会有属于你的气场。”

其实一直以来，我都很是佩服我的这位朋友。

在我年纪尚小还没有金钱概念的时候，她就已经定下清晰的人生目标，从重点高中到名牌大学，都是她奔向目标的里程碑。

她立志，要靠她自己的双手来改变自己、改变家人的生活。

我刚大学毕业那会儿，她就已经在上海谋得了一份好工作，而如今，她才三十五岁的年纪，就已经在上海安定下来，有房有车，年薪六十万。

年纪轻轻的她，就已经拥有了可观的收入和从容大方的气质，每每见到她，都让我欣赏不已。

不过她的这种气质，却不是一朝一夕练就的。

有一次，我去她家做客，看到她的衣帽间时，吃惊不已，里面有个角落堆了很多的名牌包包和鞋子，可是在我的印象中，却鲜少见她穿戴过。

我很诧异，就调侃她：“姐姐，这么多名牌，都没穿过几次吧，现在都扔角落里落灰呢，真是太败家了！”

她看着那些东西叹了口气：“年轻那会儿不懂事，总觉得挣了钱就该买这些奢侈品，谁还没点虚荣心，时刻想要彰显自己的价值……”

我心生可惜地说：“真浪费！那你现在呢，还买吗？”

她摇了摇头：“早就买厌了，现在想想，也就那么回事。”

如今的她，就算没有任何名牌的映衬，也能自带光芒。

家里的小物件，多是一些不太出名的小众品牌，却都有着它们独特的设计感。

她的每一天，都过得精致不造作，处世成熟淡然，遇事宠辱不惊。

突然想起很久前她在深夜发过一条状态：执着过了，才会放下执着。

真的就是这样，一个人，只有在他的欲望被满足了之后，才会彻底明白返璞归真的含义。这种气场上的变化，不是多读一两篇文章就能获得的。

不得不承认，这种置身事外的疏离感，这种自带光芒的优雅感，真的只有在赚了更多的钱以后才能拥有。

毕竟，只有当你赚够了钱，见过了世面，那些盲目的虚荣才再也近不了你的身，那些无能为力的自卑才会离你远去。

如此，属于你的气场，自会悄然而至。

我刚出来工作那会儿，收入微薄，又不想伸手找父母要钱，于是跟闺蜜一合计，两人决定租一个较为便宜的合租房，作为临时的过渡住所，等积攒些工资后再换地方。

在闺蜜哥哥家借住了两个星期后，我们终于找到了一个还算凑合的房子，一起合租的是一个女孩子。本以为能安稳地度过预想中的三个月过渡期，可是过了两个月后，我们就交了违约金搬走了。

原因很简单，实在是无法忍受对方的脏乱和小气。

想起刚去看房子那会儿，对方到小区门口来接我们，妆容精致加上满身的Logo，当时闺蜜还偷偷地问我，说经济条件这样好的姑娘怎么会和我们这种刚毕业的穷学生合租房子，会不会是骗子之类的。

后来一起合租后，才发现她的“美好形象”和“富裕生活”都是假的。

她的工资并不高，而她的那些名牌衣服和包包里，百分之八十是假货，剩下的那些用来充门面的真名牌，又都是从生活费里一点一点抠出来的。

她的房间里永远都是胡乱地堆满了衣服和鞋子，客厅里几乎每天都能见到她扔的泡面包装袋和饼干盒，厨房里的锅碗从来都是过夜才洗。

最不可理喻的是，她房间里的照明经常是借助客厅里的灯光，然后在交电费的时候要求减半……

她的这种行为让我们无言以对。

我很不能理解，她把所有的钱都花在那些身外之物和盲目的虚荣里，可生活却过得那样的狼狈和糟糕，到底有什么意义呢？

我们之所以会化妆打扮，会去追求名牌衣服包包，不该是让自己变得更美更有气质吗？不该是让自己的生活变得更有品质吗？

可实际上，在她那里，越是长久接触，就越发觉得，这些东西离她太远太远。

每个人都有追求美丽的权利，我们认识一个人也是从通过外在开始的，良好的形象会让我们对一个人产生最初的好感，但是，真正的美丽是由内而外的自信，是优雅得体的举止，是积极健康的心态，而不是超越能力之外的浮名与虚荣。

我有一个学妹，她生来就是一个普通人，普通的家庭、普通的大学、普通的工作。

可就是这样一个平凡得不能再平凡的姑娘，我却是见证了

她从丑小鸭到白天鹅的蜕变。

用她的话说，她从来不愿意只做一个普通人，所以她才努力再努力，去过她想要过的生活。

几年下来，她努力地工作，虽还谈不上拿丰厚的年薪，但她会合理规划每一份收入，业余时间会去参加可以提升自己业务能力的课程，一年一年下来，她的薪资因业绩能力的提升每年都在增长。

近两年，新认识她的朋友都以为她是个富裕家庭出生的女孩，又或者误认为她有着一份收入很可观的工作。

而实际上，她从来都只是在力所能及的范围内，最为快速且合理地提升自己。

不虚荣、不盲目，购买能力范围内的小众品牌，从来不把时间花费在与同龄人的攀比和购买无法负担的奢侈品上，就这样，几年过去，她的生活过得越发从容，气质也在逐年地提升。

有一次她很是感慨地告诉我："我所有的自信，都只是源于，我能够自己挣钱，而且也坚信以后，能挣到更多的钱。"

通俗点讲，我们一生中，很多底气都是来源于，我们有钱。

我们不应该羞于谈钱，我们想要的自由和独立只有钱能带给我们，我们花钱的目的是为了买到“幸福感”。不管是一只名牌包，还是一件价值不菲的大衣，只要这件礼物，能够给你带来幸福感，让你在今后的生活中更有底气地生活，更努力地去赚钱，你这笔钱就花得有意义。

我从来不建议过分的节省。我们努力地挣钱不就是用钱买幸福感吗?

有些人很富有，但是生活的品质却不高，有些人挣得不多，却合理分配，让每一分钱都花得有价值。

刚毕业的时候，我也没什么钱，每次出门旅行，总觉得住哪里都一样，都是睡一觉而已，反而不如把钱花到美食和逛景点上划算。后来有一次，跟朋友一起出国玩，朋友坚持要住有落地窗的五星级酒店海景房，她说，出门在外，只有休息得好才能玩得好。

跟她一同进入房间的那一瞬间，确实感觉真的不一样，视觉效果非常棒，坐在沙发上就能看到海边的落日。晚上我躺在松软的床上，听着细细的海浪声，早上醒来睁眼就能看到海天一色的景象，我突然觉得整个人都变得心旷神怡。

自此之后，我开始改变自己，有些钱可以省，而有些钱不能省，钱带给我的不再是衣食温饱，而是更加自由和独立的生活态度。

学习的钱不能省，专业的辅导班会给我节省下很多盲目学习的时间，继而迅速把学会的技能投入到工作中变现；旅行的钱不能省，看世界可以开阔我的眼界和心胸，不再计较眼前琐碎的小事，无论看到什么，都能帮助我塑造更全面的价值观；住酒店的钱不能省，休息得好，才能集中精力去做事情；保养身体的钱不能省，每年的定期体检，定期看牙医，让我对自己的身体状况有更全面的了解。

我开始懂得如何花钱取悦自己，与此同时，我也开始给自己的生活做减法，不再为了追赶潮流买一堆华而不实的衣服；不再为了虚荣心把钱花在无用的社交上；也不再为了不加节制地大吃大喝而买一堆减肥产品。

当我做出以上一系列改变的时候，我发现我生活得越来越轻松，我的生活品质和我自身的气质都在不断提升，我唯一要做的就是更加努力地去挣钱，因为我享受到了钱带给我的尊严和舒适感。

原来当我在花钱去取悦自己的时候，整个世界都会对我温柔，我不会再患得患失，也不会再因为一个不对的人离去而伤心欲绝，我可以从容地应对一切。

承认吧，有些气质，只有努力赚钱才能给你，用功读书，努力工作，当你不再为钱发愁的时候，就要学着花钱买幸福感，让每一分钱都为你的尊严和自由铺路。

Chapter 8

你的薪资，实现不了你的财务自由

人的欲望会触发雄心，
雄心会让我们变得更加强大和勇敢。

前些时候，丁雯跟我讲，她的公司已经注册好了，再过一个月，她就要辞去她现在的工作，正式去创业了。

实际上一年前，她就已经开始筹备这件事了。

那会儿她来南京，找我吃饭，跟我聊天说："现在的物价涨得飞快，我真的觉得自己是越过越焦虑了……"

我点头表示赞同："的确是的。"

她接着说道："我毕业八年了，刚毕业就在现在的这家公司工作，虽然这八年间，工资在逐年增加，可是我发现远远不够。就算我现在每年有二十多万的收入，可却依旧是个固定数，这种拿着固定工资的工作，根本实现不了我想要的那种财务自由。"

她说，她老公也是个拿着固定工资的公务员，虽然被很多人羡慕说稳定，可实际上，却只是足够温饱。

“你知道吗？自从我们有了孩子后，家里两室一厅的房子，越发的显小。我想要买更大的房子，可是，每个月的工资收入都是固定的，除去房贷和家庭生活消费，能存下的钱，其实并不多。按照这种速度，我根本不知道，我们什么时候才买得起下套房子。”

后来，她一再强调，物价、房价的涨幅，远远超出了他们收入的增幅。再加上，她对更好生活质量的追求和欲望，变得越来越强烈。

这就像是一个恶性循环，让她日益焦躁。

她说：“如果按照这样的节奏继续生活和工作下去，未来几十年，我都能清清楚楚地预测到会是什么样子，这真的太可怕了。”

看似是她不懂满足，但细想却合情合理。

我很赞同她的这个说法。

现在的社会，发展得太过迅速，传统稳定的薪资收入模式，已经越来越满足不了人们日渐增加的精神和物质欲望了。

你不得不承认，你那稳定的工资收入，根本实现不了你的财务自由。

在网上看到一句话：如果你觉得自己混得还不错，就让中介带你去看看房子。

看似像在说笑话，可事实不就是这么回事吗？而且，仔细一想，更有如当头一棒。

要知道，这年头，已经很少有人拿稳定的工资收入作为自豪的谈论点了。

暂且不说一线城市的房价，就算是在二线城市，你也不得不承认，如果仅仅靠着工资收入，一般都是买不起房的。因为这年头，房价的涨幅真的远远超过了工资的涨幅。

岚姐新买了房子，上周刚刚搬进去。搬完家的第二天，她邀请我们几个好朋友一起去她的新房子里做客。

下班后，我们约好在她的新小区门口见面，她带我们进去。进了小区后，另外两个姑娘就一路打趣她道："哎哟，这新房子不止高了一个档次啊，你瞧瞧这小区，庭院一个接着一个，不愧是别墅区……"

说到这，不得不解释下，岚姐新买的是别墅区的房子，虽然是别墅区靠里的小高层，但是相比以前而言，确确实实好了很多。

当然，价格也不只高了一个档次。

一路上听她们各种调侃，颇觉有趣，岚姐也很淡定地听她们说着。后来一姑娘很是感慨地总结道："虽然说，宁做鸡头不做凤尾，可凤好歹也是凤不是，按你这种趋势，到凤头也是迟早的……"

吃饭时，我们聊起她新房子的价格，她将所有款项算了一算，大概将近五百万。我们直呼她"富婆"，她笑了笑说："我们之前的那栋房子位置好，这次卖了三百多万，所以，这才敢买下这个的。"

另一姑娘接过话去，说："你眼光一直不错，那会儿买的时候，才花了一百多万吧……"

岚姐点了点头，说道："是啊，那会儿手头比较紧，买的是刚需房，才七十多平。现在孩子都快读幼儿园了，公公也在这这边常住，那房子就完全不够住了。"

"不管怎样，你真的算是有勇气的了，想想，虽然是以房换房，但还是有一百多万的贷款，这压力也不小了。"

她跟我们碰了碰杯，接着又抛了一个炸弹出来："我刚都没好意思跟你们说，其实，就在前两天，我们又贷款买了一个两室套。"

我们几个瞪了瞪眼睛，吃了一惊，都说她真是胆大、有魄力。

她摇了摇头，说：“不是我胆大，你们也知道，这年头，如果只是靠着一点固定工资，估计这往后挣的钱都得拿来还房贷了。那种日子，想想都觉得可怕。所以，我们才想着索性咬咬牙，再贷款买一套房拿来投资好了，等到合适的机会再卖出去，多少总能赚到一些。实现财务自由本来就不是那么容易的事，我不想一辈子被房贷绑架，所以，我得不停地给自己压力，得想着法子生出更多的钱来才行……”

说完，她笑着举了举杯。

那一瞬，我在她脸上看到了坚定，还有希望。

其实真的不是她多胆大，大家都是生活所迫。只是她比多数人想得更透彻，也更有魄力罢了。

人的欲望会触发雄心，雄心会让我们变得更加强大和勇敢。

要知道，你一旦有了为自己的欲望买单的勇气，你就会不停地去督促自己，去拼命地生出更多的钱来……

事实上，作为普通人，固定的工资收入只能说是稳定，不会让你缺衣少食，却也不会让你发达起来。

这件事情，相信多数人都深有体会。

公司里有个部门，有好几个投资牛人，投资理财玩得很厉害，但是知道的人并不多。所以，从表面上来看，他们似乎是那种依靠固定工资就能活得很逍遥自在的人。

经常有部门员工在背后悄悄问我：“他们部门工资是不是特别高啊，还是他们家里很有钱呢？怎么他们每个人都活得那么潇洒呢，吃穿戴的，都价值不菲的样子。”

有这样疑问的人不只一个，而且多数都是只守着一份固定工资、每天优哉游哉过日子的年轻人。

其实，人在一无所知的时候，是最没有危机感的。

我身边有很多年过三十的朋友，他们长期依靠固定的收入生活，却越来越发现，现有的工资收入根本满足不了他们不断增长的物质和精神需求。

而且，因为互联网经济和人工智能的发展，现在资本市场的竞争也愈发的激烈，原有的工作体系也越发显得不安定，谁也不敢肯定，未来自己会不会被淘汰。

于是，危机感这时就迸发出来了，并且愈演愈烈。

有人选择自己创业，有人在工作的同时学着投资理财，有人开始努力地丰富自己，让自己变得更有话语权……总之，大家都在想着法子谋求生存以外的发展。

每个人都在拼了命地努力，因为多数人都明白，这早已不是那个可以守着一份稳定的工作，就能自由潇洒地活到老的时代了。

当然，这并不是说鼓励大家都去创业，都负着债去买房投资。当你还没有那个实力和魄力的时候，你需要做的，是让自己保持着这种危机感。

当今的社会正在高速发展，未来没有谁的工作是绝对安稳的。稳定只是相对的，你需要不停地去充实自己，尽量让自己变得更加不可或缺，更加有话语权才行。

你得努力让自己变得独一无二起来，这样，哪怕你离开了现有的体制，也有能力很好地生存下去。

这是个充满机遇和挑战的时代，我们都有出人头地的机会，也有可能一不小心就被淘汰。

你需要始终保持着警惕感，但同时，也别太过担心了。

就算是身居富豪榜单前列的人，他们也同样会有这样的焦虑。焦虑感似乎是一种负面情绪，但有焦虑总比麻木无感来得强。毕竟，正是因为有了焦虑才代表你在思考、想要进步，这是好事，不是吗？

你要相信，当你通过一点一滴的努力获得比以前更加美好的生活时，一切都是值得的。

未来还很长，不管通过何种方式，都愿你能早日实现自己的财务自由，而后，抵达你所向往的生活。

Chapter 9

他不是自带光芒，他只是训练有素

婚姻不仅仅是浪漫与激情，更多的还是柴米油盐的平淡生活艾苒爱上了一个已婚男人。

乍听到闺蜜说到这个消息时，我愣了一下。

艾苒是闺蜜的大学好友，虽然我就见过她一次，但是我却对她很熟悉，因为闺蜜经常会在我面前说起一些她的事。

在我的认知中，她是一个很独立、很有个性的姑娘。

闺蜜告诉我，上个星期艾苒给她打电话，在电话里跟她说——她谈恋爱了。

一开始，闺蜜并没有想那么多，而是很开心地恭喜她，终于找到了真爱。

只是当闺蜜细问下去后，艾苒才吞吞吐吐地告诉她，那个男人已婚了，而且已经有了一个女儿，正在读幼儿园。

闺蜜听完后，整个人都蒙住了，好一阵才反应过来。于是，她忍不住在电话里劝诫她，这种男人不值得，让艾苒赶紧离开他。

可是艾苒那会儿已经爱得不可自拔了，在电话里哭着说："我真的没办法，我爱他，我真的很爱他……"

闺蜜说："你再爱他又怎样，他已婚了啊，姑娘！他有老婆、有孩子了，你还想他离婚娶你吗？相信我，你这么好，肯定会遇到更好的人。"

"不，你不知道，从来没有人像他这样的。真的，他完全就是我理想的类型……"

慢慢的，艾苒告诉闺蜜，她之所以会爱上那个男人的原因。

艾苒说，她是在一次聚会上认识对方的，对方的成熟稳重第一时间吸引了她。

他们聊天时，每每她眨一眨眼，对方都能猜到她接下来想说什么，特别的通透和善解人意。

那个男人大艾苒八岁，就是这多出来的八年阅历，让艾苒觉得他无所不能，面对任何问题都从容淡定。很多次艾苒遇到困难，都是对方帮她分担、化解，并且，他还会很耐心地教艾苒，若是下次遇到这样的事情，该怎么去做。

艾苒说，她不可自拔地爱上了他，对方的手段实在太高了，每一次接触都能直抵她的灵魂。

“人与人之间最怕有对比，”艾苒跟闺蜜讲，“以前那些追我的男人，都太浮于表面了，你一眼看去，就知道他们想要什么，不止如此，他们还幼稚、自以为是。你不知道，从来没有人跟他那样，完完全全地懂我。”

一次他们一起吃晚饭，结束后路过一个商场，艾苒只是多回头看了一眼橱窗里的那件深蓝色的裙子，隔天，她就收到了一个精致的包裹，里面包着的就是那件裙子。

还有一次她感冒，只是在电话里轻轻地咳嗽了一声，对方立刻就察觉到了。一个小时后，就将药送到了她家，并贴心地给她做了顿晚餐，陪她聊天，看着她吃药休息后，才驱车离开。

“我以前从来不知道，原来真的会有人那么宠我、包容我，哪怕我毫无道理地发脾气，他都不会生气，只会变着法子哄我，直到我消气为止。”

闺蜜恨铁不成钢地说她：“这又怎样？你难道还打算让他离婚，娶了你吗？”

听到这，艾苒在电话那边静了声，好半天才哽咽了下，说

道："我明白，我不想破坏他的家庭，他也跟我说过，他孩子还太小，他不可能牺牲家庭……"

顿了顿后，她突然变得激动起来："可是，我不甘心啊，为什么不是我早一步认识他呢？为什么陪在他身边的不能是我呢？"

闺蜜说，那一瞬，她都觉得自己不认识艾苒了。

闺蜜在电话这端长长地叹了一口气，许久之后，才重新开口劝慰道："亲爱的，你想过吗，他之所以看上去那么好，不过是因为他已经有老婆了啊！如果你早于他老婆之前出现在他的生命里，或许那个时候的他，跟你以前遇到的那些男人都一样呢？固执、冲动、自我，不懂得女人的心思，还会惹你生气，跟你吵架也不懂得谦让。更甚，假如你处在他老婆的位置，也许这么多年后的今天，他也会对另一个姑娘，像现在对你这般，对她那么好……"

听闺蜜说完这些，我久久地不能平静。

爱情这东西，有时候，真的会让人变得茫然，甚至是无知。

那个已婚的男人那么好，你那么爱他，舍不得他，离不开他，可是，你有没有认真地去想过，去问过自己，他在有他老婆以前，也是这么好吗？

都说男人是晚熟的，那么在他晚熟的路上，是谁一路支持着他、包容着他走过来的呢？

又是谁，教着他一点一点变得这么懂女人的呢？

他如今的成熟稳重，是多少次莽撞冲动后才慢慢学会的呢？那些时候，又是谁，陪在他身边安慰他、鼓励他的呢？

姑娘，说句实话，你看到的那个他，之所以会有那么多好的品质，都是因为他老婆的功劳啊。

而且，你有没有想过，他在他老婆面前，又是一副什么样子呢？

记得曾经看过一个故事。

一个姑娘爱上了一个已婚男人，谈恋爱时，他在她眼里就是一个完美的情人——体贴、大方、成熟，有品位、有包容心。

于是，那姑娘使尽了浑身解数，终于让对方和他妻子离了婚，然后娶了她。可是，等到婚后她发现，原来那个哪里都好的男人，变得完全不一样了。

他不爱卫生，会将脱下的鞋子和换下的衣服到处乱扔；他不爱做家务，哪怕只是收拾盘子洗个碗，都能拖延半天；他没有那么顾家，经常会因为加班或是应酬，很晚才回家；他不是很有耐心，会因为她不停地唠叨而忍不住和她吵起来……

总之，她发现，这世界根本没有谁是完美的。

这个男人之所以看起来那么好，不过是因为，那时他的身边，有那样一个人，忍下了他的缺点，全面照顾了他的生活，让他有精力可以在其他人面前，尽情地展示他的美好。

如今，再也没有那个人了，只剩下她，来全盘接受他的一切。

他像其他所有中年大叔一样，懒惰、平凡、自我，会因为不耐烦而冷战或是发脾气，会因为激情退去而懒得再费那么多的心思，会很理所当然地忘记很多重要的节日……

是他变了吗？根本不是。

只不过是因为，你看到的不再是那个伪装得很完美的他，他的优点和缺点终于加在了一起，这才是完完整整的他。

婚姻不仅仅是浪漫与激情，更多的，还是柴米油盐的平淡生活。

这世界，没有人会是完美的。你之所以觉得他那么好，只是因为你还没有机会见识到他的缺点罢了。

我可以很肯定地告诉你，那个给不了你婚姻只能给你“爱情”的已婚男人，不是因为他对家庭有责任心，而是他拒绝不了他内心的贪念。

如果真的要他在你和他的家庭中间做个选择，我相信，他会毫不犹豫地转头回家的。

而且，实话实说，真正有责任心的男人，是根本不会和你发生这样一段有违道德的关系的。

放下吧，亲爱的。

事实上，你痴迷的那个已婚男人，不是自带光芒，而是训练有素罢了。你看到他身上满是光芒，可实际上，却处处都有老婆的烙印。

离开了他老婆，他的光芒将会自动减半，而你得到的，也无非只是一个有着诸多缺点的男人。那样的他，又和其他男人有什么区别呢？

到时，你怕是连后悔的资格都没有了。

Chapter 10

有些人为什么注定无法活得更高级

你要做什么样的选择
就要有什么样的担当
这就是成年人的世界

多年以前，我刚进入职场，跟一位职场前辈聊天，对方问我：“你觉得是什么原因，导致女性在职场里很难晋升？”

我思忖良久，才开口说道：“可能是因为女性在性别上的劣势吧，在多数人看来，女人的性格总免不了瞻前顾后、婆婆妈妈，所以很难成大事，这也算是职场对女性的一种偏见吧。”

对方听完我的回答后，摇了摇头，笑着说道：“也算不上是偏见，因为的确，很多女孩子表现出来的就是如此。实际上，不能怪旁人这么看待她们，而是她们自己，在潜意识中就将自己定义成了这样。这样的女生，是注定了没有办法在职场中走得更远、活得更高级的。”

说实话，那时的我并不是很能理解她这话的深层含义，直到许多年过去了，我才慢慢懂得了一些。

在那之后，遇到过一个同事。

我刚入职时，她已经在那家公司干了三年多，算是公司的老员工了。

到公司第一个星期，因为跟她不熟，所以并没有说上话。

一个星期后，她经常找我跟她一起吃午饭，闲暇之余也会来找我聊天。说实话，一开始我对她并不排斥，反而还认为她是一个很热心的姑娘。

只是半个月不到，我对她的看法就有些变了。

她几乎每天都在传播着负能量，不是在抱怨工作，就是在说领导对她有偏见。更让人无奈的是，不管做什么决定，她都优柔寡断，总要问来问去，问到最后，我都不知道要怎么回答她才算合适。

记得有一次，有两位同事因为得到了更好的工作机会而跳槽。她知道这个消息后，像是受了刺激，逢人就问："你说，我要不要也跳槽呢？你看他俩，跳槽之后工资都翻了不止一倍了。我们公司工资这么低，而且几年都不涨薪，不如我们都跳槽吧？"

说实话，她的这种行为，弄得很多同事都非常尴尬。

有一次，一位同事很是无奈地跟她说："你要是真不满意这份工作，就跳槽嘛，说不定就找到更好的了。"

只是，一个月过去了，两个月过去了，半年过去了，她只是依旧不停地在跟大家重复这样的话题，却从未见她有过任何的行动。

结果，有同事实在看不下去她整天有事没事就跑来问上两句，于是就故意呛她：“公司要真是像你说的那样，亏待了你，怎么你这说了半年要跳槽了，也不见你真跳呢？”

她像是没明白那同事话中的意思，有些无辜地回答道：“可要是下家公司也这样该怎么办呢？我不也是想听听你们的意见嘛！”

像她这样的姑娘，后来这几年里，我也见到过。

她们要么就是日复一日地问着身边的人要不要辞职，要么就是到处跟人抱怨现在的工作，可最后，却始终不见她们有所改变。

她们不停地问来问去、怨东怨西，到最后，不但得不到想要的答案，还连累身边人成了她们的垃圾桶。

就如同多年前那位前辈说的那样，这样的女生，是注定了无法活得更高级的。

或许你也会跟几年前的我一样，想要问，到底怎样的女生，才能活得更高级呢？

这么多年过去了，我也多多少少懂得了一些，但是，我依旧很难给你一个明确的答案。

不过，我倒是可以再说另外一个故事给你们听。

我有一个高中同学，她毕业后被一所重点大学的金融系录取，在大学时还辅修了英法双语，在校期间成绩一直名列前茅，几乎每年都拿奖学金。

那几年，同学群里经常聊到她，都认为以她的能力，大学毕业后想要找到一份不错的工作，肯定不成问题。

果然，大学毕业第一年，她就进了北京一家很不错的金融机构，每天跟各种我们看不懂的金融数据打交道，事业发展得非常顺利。

毕业不到两年，她就成了我们人人羡慕的对象。

只是，谁都不曾想到，两年之后，她不知怎么就跑去报社应聘，在这之后半年时间不到，她突然在朋友圈里宣布，她要在两个月后去非洲那边当战地记者。

这件事情，引起了大家的广泛讨论。

很多同学、朋友，包括她的家人，都不理解她——放弃好端端的高薪工作，离开繁华的北京，偏要跑去那么危险的地

方，做一份与大学专业毫无关系的工作。

可她态度非常坚定，不妥协、也不解释，铁了心要与那个繁华的北京告别，去危险的战乱之地，记录战争，以及战争里的人。

后来，她在叙利亚待了两年。

那时候，微信还不流行，她偶尔会发微博。我们便会在微博里看到她发的跟当地难民的一些合照。

照片里的她，跟以前那种衣着光鲜、脸色红润的样子完全不同，不但皮肤晒黑了很多，衣服的颜色也多以黑灰为主。但变得更多的是她的眼神——那是一种比之前更加深邃、更加坚定的眼神，里面像是藏了无数的故事。

那两年，我们鲜少联系。在她回国的第二年，由于采访需要，她来了一次南京。那时，我们才见上一面。

记得那会儿我小心翼翼地问她，为什么当初那么坚决，没有跟任何人商量，也没有理会任何人的建议，就那么一意孤行地去了非洲？

她告诉我，从小到大，替我们出主意做决定的人很多，读什么样的高中，考什么样的大学，毕业后可以找什么样的工作……父母或是老师都能给出一个好的建议、一个明确的答案，而那个时候，在我们自己看来，似乎也没什么不对。

“可是当我毕业后，才发现，我人生当中重要的事情越来越多了，而那些能真正替我拿主意的人却越来越少了。要不要换一条路走，要不要冒一个更大的险，没有人能给我一个完全准确的答案。没有始终平坦的路，也没有绝对正确的答案，每一种生活都会有随之相应付出的代价。你要做什么样的选择，就要有什么样的担当，这才是最重要的。”

故事说到这里，答案是什么样的，你是不是多多少少已经明白了一些呢？

或许在多数人看来，女生总有着一些性别上的劣势，做事难免犹犹豫豫、瞻前顾后。可是，这又何尝不是一种偏见。

要知道，很多优秀的女生，在真正步入社会之后，并没有整天瞻前顾后、犹豫不决。她们心里早就清楚，自己要走什么样的路，是和任何人都没有关系的。所以，要做什么样的工作，要嫁什么样的人，这些答案，只会在她们自己心底。

我可以告诉你，就算你真的忍不住要去询求他人的意见，也没有人能给你一个完全准确的答案。

毕竟，大家的成长背景、境遇和经历不一样，内心真正渴望的东西也不一样。所以，是没有人能和你感同身受的。

你想要去向何方，只有你自己知道。

你或许也曾发现了，父母以及那些追求安稳生活的朋友，总是会苦口婆心地劝你定下性来，而你那个喜欢四处闯荡的朋友，却又总是对那种拿着固定工资一心求稳定的生活不屑一顾……

最后，你要去哪个行业，做什么样的工作，嫁给什么样的人，谁都无法替你拿主意。

的确如此，不是吗？

越是长大越能明白，必须要我们自己做决定的事情越来越多了，而且每一个决定还都是那么的重要。可是，真正可以替我们拿主意、引导我们前进的人，却也越来越少了。

在这个世界上，不会有完全准确的答案供你选择，也不会有所谓的康庄大道等你去走。每一条路，每一种生活，都会有相应要去付出的代价。

你要做什么样的选择，就要有什么样的担当。

这就是成年人的世界。

所以，我只愿你在你的选择里，不犹豫、不畏缩，果断而有担当。

Chapter 11

你舍不得对自己狠，就别怪别人对你狠

那些敢于突破舒适区的人
他们最终过得都不会太差

去年年底，和我同部门的小宇被公司辞退了。

他入职不到一年，在这一年的时间里，他的工作岗位变动了好几次，基本每个项目他都参与过一段时间。每次异动，他从来都不发表意见，领导每每找他商量时，他都说，听公司安排。

一开始，很多人觉得公司是在欺负他老实，可我很清楚，其实领导是因为他面试时的表现还不错，所以想要培养他，这才让他在各个项目组之间来回移动，最终是希望他能尽快地熟悉业务并早日成长为项目的负责人。

他最后一次异动的岗位，是在我负责的项目中。

只是没想到的是，这是我第一次也是最后一次跟他接触。

他刚过来时，我带他熟悉完项目后，只是给他布置了一些简单的工作，我想他在其他项目中应该已经学到了很多，也有了一定的经验，那么，很多事情应该就不需要我再去安排了。

但让我没想到的是，几天下来，他除了做完我布置的工作，没有给自己制定任何的工作计划，每天就只是坐在那里，像是学生等着老师布置作业那样等着我给他安排工作。

如果当天我没有给他安排工作，那么，他就能那样无所事事地待上一整天，从不会主动去做些什么。

这还是我工作这么多年来，第一次遇到他这样的人。

要知道，就算是刚毕业的大学生，也懂得在工作中给自己做好计划安排，哪怕是什么都不会，也会主动去学习。可他倒好，完全把自己当成了一个需要指令才能执行任务的机器人。

后来，我很是无奈地提醒他，工作上如果他有自己的想法，可以主动跟我提，不要只是等着我去给他布置工作。在不忙的时候，可以试着去写一些项目的运营计划，如果合理，我会采纳并让他去执行。

他当场给我的态度是很端正的，而且满口答应说“好”，我以为他明白了我的意思。可一个星期过去了，两个星期过去了，我却依旧没能收到他任何的计划方案，就像是，我压根没说过那些话，他也压根没同意过似的。

所以，我真的无话可说了。

他离职前一个星期，公司刚好在谈一个新的合作项目，领导带着他和另一个同事一起去进行了商谈。回来后，领导让他们一人出一份方案。

另一个同事第二天就将方案交了上去，小宇却迟迟没交。等了两天后，领导把他找去了办公室，说了什么我们不知道，只知道，一个星期后，他离开了。

大家对于他离开的原因，各有猜测。只有少数人清楚，实际上，他是被公司辞退的。

记得领导带他出去谈项目前，曾经找过我，问我对于他工作的看法。我迟疑了一下，不好意思直接说他不好，但也无法唯心说他好。

看着我的迟疑，领导笑了笑，告诉我："算了，也不为难你了。实际上，我一直在考虑他的去留问题。最近几天，我会带他去谈一个新的项目，也算是给他最后一次机会了，如果他还是不争气，那我就无能为力了。"

所以，对于他后来的离开，我没有感到任何诧异。

职场里是没有舒适区的，一个不懂得自我约束和自我提升

的人，他就得做好随时被职场淘汰的准备。

职场本来就不是个讲人情的地方，没有人会主动去教你该做些什么，该怎么去做，一切都是需要靠你自己去摸索、去争取的。

你那么宠着自己，舍不得对自己狠一点，每天只想着轻轻松松地拿工资，混日子，那么，你就别怪公司对你下狠手了。

不管是工作还是生活，如果只是待在舒适区中不出来，那迟早都会迎来那又狠又痛的一巴掌的。

而那些敢于突破舒适区的人，他们最终过得都不会太差。

齐鹏跟我说过他刚进职场那会儿的事。

那时，他刚从计算机专业毕业，因为迟迟找不到满意的工作，所以最后无奈只能海投。有一天，他意外接到一家证券公司的面试通知，在几轮面试过后，他竟然被录用了。

他说，当公司决定录用他时，就跟他提了要求，必须在一个月内考下证券从业资格证，如果考不下来，那就只能卷铺盖走人了。

只是，隔行如隔山，对于证券，他一无所知，连股票基金都分不清楚，更别提什么期货期权了……

或许是为了争一口气，他想着反正也就一个月，狠一狠心，拿出高考的架势来，不管能不能过，至少他努力过。

他去书店买书时，看着那又大又厚的资料书，一度产生过放弃的念头，可最终还是咬了咬牙，买了回去。

后来，他在出租屋里，整整待了十几天。

在那十几天时间里，连泡泡面他都觉得是在浪费时间，每天只吃火腿肠、饼干和沙琪玛。那段时间，他说自己严重缺乏营养，甚至连起床都觉得头晕眼花，牙龈出血是常事。

他每天凌晨两点睡觉，早上七点起床，除了必要的休息时间，他的眼睛就没有离开过书。

到后来，他身体都是僵硬的，脖子更是痛得有些浮肿，想捶却又够不着，只能拿起书用书脊狠狠地敲。

所幸，这种付出是值得的，最后他终于顺利地通过了证券从业资格考试。

齐鹏后来回忆说，“考不下来就卷铺盖走人”，这是职场给他上的第一课。那也是他第一次真正地认识到，职场是如此的残酷。

从那以后，他之所以在职场上顺风顺水，也多半是因为这种认知在他心里扎了根，让他从来不敢松懈。

的确是这样。

在这个竞争激烈的社会里，不管是在什么样的位置上，要想站稳脚跟，都不是一件容易的事。因为，你不拼命，就会被其他拼命的人所替代。

毕业那年，很多人选择去北上广这种一线大城市发展，但很多年后，那些人当中，能在大城市站稳脚跟并且有所成就的，却并不多。而留下来的那些，不得不说，多半都是因为他们对自己够狠。

他们在我们看不到的地方，默默地努力着，然后，拼了命地提升自己，这才得以在那个城市立足、扎根，甚至，一点一点地往上爬。

人的惰性是顽固的，大多数人都希望以更轻松、安逸的方式来生活。大学选课时，最先考虑的是简单易学的专业；毕业找工作时，最想找到既轻松又高薪的工作；下班后，最先选择的是休闲娱乐。

只是，如果我们真的如此随意、懈怠地去学习、工作和生活，不舍得让自己走出舒适区，不逼着自己去前进的话，如果哪一天生活给了你一巴掌，你都无力反击。

我们身边有太多这样的例子，他们年纪轻轻只想着怎样去宠着自己，总是说着类似“那么折腾干嘛呢，轻轻松松多好”这样的话，日复一日，年复一年，过着千篇一律的生活。

最后，变化的只有他们的年龄，还有外貌。

亲爱的，你尚且年轻，你尚在奋斗的年纪，不要总是想着舒舒服服、轻轻松松地过生活。

真的，你要是再不对自己狠一点儿，那就只能等着别人对你下狠手了。

Chapter 12

人生总有许多的勇气与孤独

人生总是有许多的勇气与孤独，时间过去，我们终是会在勇气之下强大起来，会在孤独之中饱满起来。

1

人生需要许多的勇气。

身在职场，要么往前拼要么直接走，但请不要霸着位置耗着时间熬资历。你可以用开水烫死我，也可以用冷水冻死我，但请不要用温水耗着我。

这就是我的原则。

在公司里，安叶是我第一个熟悉起来的人，一开始，我以为她已经在公司待了好几年，可相熟后，才知道，她只早我一个月入职。

她不是那种见到新人就热情凑上去的人，可偏偏我刚进公司那会儿，就对她印象最深。犹记得那时，人事带我熟悉公司环境与同事，当我走到她座位前面时，她只是扭过头严肃而认真地跟我问了一声好，然后就回过头去继续处理她的工作，没说一句多余的话。

当时，我心里唯一的想法是——这应该是个很难相处的老员工。

后来有一次，我在她面前谈起对她的第一印象时，她不甚在意地笑了笑，说道："好多人说过跟你类似的话，可能我就是那种第一印象看起来不好相处的人吧。"

说到这里，你或许会很奇怪，既然如此，我在公司熟悉起来的第一个人怎么还会是安叶呢？只能说，这就是缘分了。

虽然安叶给人的第一印象似乎有些冷淡，可实际上，她不过是因为太有原则，所以才让人感觉难以相处罢了。

她常挂在嘴边的一句话是，身在职场，你要么往前拼要么直接走，但就是请不要霸着位置耗着时间熬资历。

用她的话来讲，那种待在同一个岗位，做着同一种工作，毫无进步，几年如一日，机械而无趣的工作状态，是她最无法忍受的。

在我进公司的第二年，安叶的部门有了新的项目，所以要成立新的项目组，同时也需要新的项目负责人，部门领导建议他们可以毛遂自荐，或是互相推荐。

这时，安叶找到她那时的主管陈放，跟他申请，说自己想要去挑战新的项目，可是却被拒绝了。

她问及缘由，陈放告诉她："新的项目压力那么大，还不如待在我这边。你看，我平时给你安排的工作也并不多，你也挺轻松的，不是吗？"

"我是来工作的，不是来度假的，有压力才是正常的，所以我还是会去挑战一下。"说完后，她没有再问陈放的意见，而是淡定自如地回到了办公室。

然后，在接下来的一个星期里，她利用下班时间调查新的项目，并写了一份完整的项目计划书，在第二周的部门例会上，自荐申请加入新的项目组，并当面交上了自己的计划书。

我问她："你这算是越级吧？难道那个时候，你就不怕陈放给你小鞋穿？"

安叶淡定地看了看我，说："我这算不上越级，遇到机会如果连我自己都不去争取，那就只能一直在他手下打杂了。说实话，我可以接受他用一杯热水烫死我，或者用一杯冷水冻死我，但是我无法接受他一直用一杯温水来耗着我。"

我打心底佩服她的勇气，敢这么直接地跟上级对着干的人，在公司并不多。

其实公司每年都会有新的项目进来，这是既能看出新人的魄力，也同样能考验团队培养人才的能力。可是陈放偏偏是个安于现状的人，他之前有很多下属都是做了一两年后，因为被他压制没有机会出头而直接离职，像安叶这样会直接越过他向上级申请的，的确是第一人。

安叶和陈放的性格完全相反，她喜欢挑战，喜欢接触新鲜事物，也愿意去学习新的东西，每每有机会，她都不愿放过。但同时，她也知道量力而行，不会刻意地逞能。

在公司里，她很少在意别人怎么看她，在她看来，把事情处理好才是第一位，至于别人背后说她什么，那都不重要。她秉承的原则是，她是来工作的，并不是来讨好谁的。

那次例会过后，领导仔细看了她的计划书，最终经过高层的商讨和决议，破格提拔她做了新项目的负责人，这让很多人羡慕不已。不过，最为奇怪的却是陈放的态度。

有一次我们吃完午饭回来，路过前台，安叶想起来下周要出差，于是就让前台帮忙订机票，这时候陈放刚巧路过，问

道："这是要开始出差了？"

安叶出于礼貌，冲着他点了点头，陈放看着她的反应，也没有再多说什么，而是意味深长地笑了笑，然后就走开了。

"他那个样子还真让人有点瘆得慌，你真不担心他在背后耍手段吗？"进入休息室后，我忍不住跟安叶说道。

安叶扑哧笑了一声，摇了摇头，说道："你的担心完全是多余的，我们这又不是拍职场剧，而且，就算他陈放有那个能力，手也伸不了这么长。再说，他本来就是个追求稳定的人，哪还会花心思来折腾我。"

"什么意思？"因为那会儿还不算是很了解陈放，所以我有些不解地问道。

"你知道陈放来公司几年了吗？"

我摇了摇头。

"三年了。而且三年前他就是应聘的现在的岗位，一直到今天，他依旧还是在现在的岗位。对他而言，维持现状才是最为安全的。所以哪怕我之前顶撞了他，但实际上并没有对他构成什么威胁。所以，他才不会浪费心思来找我麻烦。"

"额，好吧，那你算是安全了？"

安叶看向我，挑了挑眉，突然说道："我本来就不在意。不过你信不信，他如果再继续这样下去，不超过半年，绝对会出问题。”

不得不说，在预见性上，安叶的确很敏感。

在接来下的半年里，公司大幅加快了扩张的速度，陆续迎来了很多的新项目，这就导致每个项目组需要同时负责多个项目。当然，项目的增加，也意味着收入的增加。

公司规定，不管是像安叶这样新晋的项目经理，还是像陈放那样的有了几年经验的老项目经理，都可以根据自身的能力来申请项目，可前提是，要确保不顾此失彼。而且，在揽下新担子的同时，得跟公司签订相关的项目责任书。

这是个很大的机会，同样的，也是个极大的挑战。

慢慢地，多数项目经理的手里都有了两个项目。安叶在熟悉完手头项目的第四个月里，跟公司签下了新的项目责任书。可陈放却依旧守着他原有的项目，没有丝毫的行动。

就在接下来的一个月里，安叶见到陈放多次进出部门总监的办公室，每次回到工位上，都带着满脸的忧郁。

有一次，她路过总监办公室时，听到总监大声说着：“陈放，你既然敢来跟我提涨工资，你就得拿出成绩来。你自己想想看，到现在为止，我给你的机会少吗？可是哪一次你有争取珍惜过？就拿这次来说，其他人都签了新的项目，可是你呢，迟迟拿不出一份让我满意的策划书来，你到底想让我以什么样的理由来给你涨工资呢？不要告诉我你资历老，公司比你资历老的多了去了。这几年里，你负责的项目虽然不至于让公司亏本，但也并没有让公司得到什么利益，你是怎么做的，我们心里都有数，你也不用再多说什么了，不如自己回去再仔细想想吧……”

安叶将这件事情告诉我时，已经是陈放离开公司的第二个月了。

陈放那次被总监批评之后，的确花费心思重新拟定了一份新的策划书，可同时，却又有新的竞争对手出现了，对方的方案比他更完善，最终，他只能被淘汰。

安叶说：“他在公司浪费了三年的时间，三年多的时间里，他被自己的思维所固化，不知道外面的世界早已经有了翻天覆地的变化，所以面对这样的结果，他只能接受了。”

在最后一个季度里，整个公司都陷入了一种无比忙碌的状态，因为我们公司所在行业的关系，过半的业绩都爆发在这一个季度里。所以在这三个月里，大家基本不会有休息日，也不会在晚上十点之前下班。

在这样的局面下，唯独陈放一个人闲得发慌，他所负责的项目，由于甲方控制成本的关系，变得很是惨淡。到了最后，他没能熬过一个月，就主动辞职了。

那一年年底，公司年会时，安叶拿下了最佳市场奖，奖金颇为丰厚。除了她，我们每个人也都收获一笔不小的奖金，大家脸上都挂上了满足的笑容。

结束时，我突然想到了陈放，很是感慨地跟安叶说道："陈放也真是可惜，今年这么好的机会，他全部错过了，最后还落了个引咎辞职的下场，也真是让人唏嘘。"

安叶深吸了口气，说："他一直活在温水里，最后被耗干也怪不得别人。只希望，他今后能明白这一点，生活不易，工作也不易，没有一往无前的勇气，是走不远的。"

2

人生又何尝不是充满了孤独。

工作与生活理应分开，生活在彼，工作在此，这不是什么大道理，这不过是我处世的基本准则。

过完年之后，公司又新招了一批员工，和往年不同，今年公司招聘的门槛变高了，所以哪怕是前台，都能说上一口流利的英语。可能也是因为这个关系，所以招进来的小姑娘，没有一个让人省心的，凌薇就是其中之一。

本来凌薇跟安叶是不该有什么冲突的，一个在前台，一个在市场部，办公室都隔着好远。可偏偏，安叶需要经常出差，按照公司一贯的规矩，都是前台来帮忙订机票。所以，这两人的接触难免就多了起来。

原本这也并没有什么，但是凌薇偏偏是个十分高调的人，最爱在人前秀恩爱，又或者是打听别人的私生活，每次安叶去前台让她帮忙订机票，她都不免问东问西，这让安叶很不舒服。

“哎呀，安姐你又要出差呢？你一个女生这么拼，也真是辛苦呢！”

“安姐，你觉得这个项链好看吗？这是我男朋友昨天送我的。”

“啊，你今天气色看起来不是很好的样子，这个是我男朋友给我买的养生茶，很不错，你也可以买点喝喝。”

“下班了，安姐你还要加班呢，我先走了哟，我男朋友在楼下等我……”

谈恋爱无可厚非，可凌薇偏偏弄得要全公司都知道她正在热恋，而且每次见到安叶，都变着花样打探她有没有男朋友，这弄得安叶既尴尬又生气，可还又没办法当面反驳，毕竟，从表面来看，人家的话充满了关心。

不过再能忍耐的人，也有被惹火的时候。星期五下班后，安叶跟我在电梯口等电梯，我们随意聊着晚上的安排。

“今晚你什么安排呢？”我问她。

她晃了晃手机，说：“我刚买了八点场的电影，一会就直接去电影院了。”

“一个人？”

“是的。”

这时，凌薇正好也过来了，听到我们的聊天后，满脸惊讶地看着安叶，说道：“啊，安姐你一个人去看电影啊？没有人陪啊？”

“是的，一个人怎么了？”安叶看了下她，面无表情地随口答了一句。

“也没怎么，就是觉得像你这样的人，男生们应该会争先恐后地约你看电影才对。一个人去看电影多孤独啊，你想想啊，一个人在电影院里，周边都是成双成对的……”

她还没说完，安叶就直接打断她：“不好意思啊，我并不

觉得一个人看电影是一件孤独的事情。独处是一种能力，更是一种姿态，你喜欢两个人的生活，但并不代表，我也喜欢那种生活。反之，我很享受这样一个人的生活。”

安叶将凌薇说得一愣，接着电梯就到了，她只能立马转移话题：“额，抱歉啊，电梯来了，我先走了，祝你晚上观影愉快。”

等凌薇走后，我安慰她道：“你也别跟她计较，没必要因为她让自己生气。”

安叶哼了一声，说：“一时没忍住。我实在受不了一个工作和生活分不开的人，谈个恋爱，闹得整个公司都要陪她体验热恋期，完全不知轻重。”

我理解安叶这样说的原因，毕竟，她是一个将工作和生活区分得很清楚的人。实际上，她并不是单身，她早就有了一个各方面条件都很不错的对象，并且将会在一个月后领证结婚。

可尽管如此，公司里除了我，却没有人知道这回事。

当初我知道她有对象，并且快要领证时，很是惊讶。

一开始，我以为她是一个单身主义者，因为太多的迹象表明，她更喜欢一个人的生活，可万万没想到，她竟然早就名花有主了。

我当时一脸惊讶，跟她说：“你平时完全没有表现出过人家小年轻谈恋爱时的甜腻的样子啊，怎么就要结婚了呢？”

她摊了摊手，讲道：“没有人规定说两个人在一起了，就必须要成天腻在一起的啊。如果可以，或许我更愿意选择单身。”

听她说完，我吃惊地张大了嘴巴，半天才反应过来，小心翼翼地问上一句：“那你怎么还答应结婚呢？”

“毕竟两个人在一起，承担风险的能力比一个人来得强嘛！再说，我们早就说好了，即便结了婚，该有的独处时间都还是彼此尊重的。”

七月份，安叶稍微有一段比较轻松的时候，于是，她趁机跟公司请了五天的婚嫁，当她拿着结婚证去人事部请假的时候，果然惊呆了一群人。

当时，凌薇在人事帮忙整理档案，安叶进去后，直接将领导签过字的请假单和结婚证一起递给人事，凌薇首先瞪大了眼睛，盯着安叶半天，才悠悠地说道：“原来安姐你结婚了啊……”

不过也因为凌薇，很快的，公司很多人都知道安叶结婚了。

毕竟，只要路过前台的，都会被凌薇小声地问道：“市场部安叶结婚了，你们知道吗？”

不管对方是点头还是摇头，她都会自顾自说下去，“她完全看不出像是个结了婚的人，不管是工作还是生活的状态，怎么看怎么都是单身，要不是我亲眼看到了她的结婚证，我都是不会相信的。”

这些话传到安叶耳朵里时，她无所谓地笑了笑。在她眼里，周围人怎么来说，都与她关系不大。

有一天，她在茶水间碰到了凌薇，当时，凌薇正在跟另一个同事聊她的事，她走进去后，面无表情地看了她们一眼。那一眼，吓得另一个同事直接转身就出去了。当凌薇尴尬地也打算出去时，安叶喊住了她。

“姑娘，本来我没什么资格来教训你，可是，有时候，你真的有点差劲。我的生活过成什么样子，那都是我的事，与你应该干系不大吧？再说，你看到的我，之所以像个单身，不过是因为，我知道这里是工作场所，在这里我是怎样的一个角色。生活在彼，工作在此，这虽然不是什么大道理，却是一个为人处世的常识吧。所以，能不能劳烦你以后在背后议论别人之前，先收敛一下你自己的行为？”

一个月后，凌薇离开了这家公司，而离职原因，大家都不知道，不过在她走之前，却单独找了安叶一次，并郑重地跟她道了一次歉。

我后来问安叶，当时凌薇跟她说了什么，她只是摇了摇头，并未多说。

只是当天晚上，我在她的朋友圈看到她发了这样一条消息：如果你是内心坚定的人，那么孤独就并不可怕。

3

人生总是有许多的勇气与孤独，时间过去，我们终是会在勇气之下强大起来，会在孤独之中饱满起来。

日升月落，人来人往，这就是我们最初的姿态。

在凌薇离开公司后的很长一段时间里，我跟安叶都很少交流。因为，我们都被工作给困住了，等我们终于从工作中抽出时间，来一起悠闲地喝一杯下午茶时，已经是大半年之后了。

还记得那时我见着她的第一句话是："终于解放了，再这样下去，我估计会未老先衰！"

安叶看着我夸张的表情，笑了下，然后晃了晃手中的咖啡杯，说："我们部门又有一个小姑娘要离职了。"

之所以用到"又"这个词，是因为这大半年的时间里，加上她这次说的这个，她们部门已经陆续走了三个人了。

前两个是来实习的小姑娘，因为觉得压力太大，所以实习期结束就走了。

"这次的又是什么原因呢？"

"这次走的你认识，我组里的，周周。"安叶答非所问地回答了我。

"什么？周周？她怎么要走？"

说实话，周周要离职，这个消息的确挺让我意外的。毕竟，她一直是很有拼劲的一个姑娘，曾经我们还一起出过差，那会儿，她还憧憬过年底能拿到一份丰厚的奖金来着。

"其实她要走的苗头，一个月前就已经有了。"

"怎么说？"

安叶叹了口气，说道："周周来公司有将近一年了吧，你还记得她刚进公司那会儿的样子吗？"

我回想了下，周周刚来公司那时，扎了个大马尾，穿了一件淡蓝色的连衣裙，笑得特别美。还记得那会儿我跟安叶说，她们部门终于来了个看起来经得住折腾的姑娘。

当时，安叶若有所思地说了句："不要太早下定论。"

“那你有没有发现，其实这一年的时间里，她的变化很大吗？”

仔细一对比，好像的确是的。就在上个月，我见到了大概有近三个月没打照面的周周，那时的她早已经没有初来公司那时的开朗了，整个人透着一股子颓态，眉宇间眼神里，都是重重的疲惫感。

最后，我总结道：“不是说外表打扮得不如以前，而是整个人的气质上的变化，总觉得她身上多了一些孤独和疏离感。”

安叶点了点头，说：“就是这样的。或许是因为我们部门的业绩压力太大吧，所以每个人都在埋着头拼自己的业绩，平时不是在做方案，就是在跑客户。彼此之间，并没有什么交心的沟通。她昨天拿着辞职报告跟我说，虽然她每天都会接触很多的人，跟不同的人说不同的话，可是却始终都觉得这个办公室只有她一个人。”

“这也难怪。”

“就在上周，有一天我加班，回去得比较晚，当时路过茶水间的时候，听见她在里面打电话，断断续续的声音里夹杂着一点哭腔，不停地重复着，说她想换一个环境……”

“她适应不了我们公司的环境，换一个或许会好点。”

DBS

Maybank
HSBC

安叶摇了摇头，说："可实际上，职场不都是这个样子吗？大家看似热热闹闹在一起办公，可事实上，这里的每个人却又都是孤独的。适不适应跟环境关系不大，职场是没有人会施舍同情和爱心的，谁也无法保证下一个地方会更好。"

我忍不住打断她道："毕竟她还年轻，没有这个体会。"

安叶叹了口气，说："人生来就是孤独的个体，总要孤独地去面对各种挫折，不管她年轻与否，她都需要尽早接受这个现实。渴望在职场中得到家庭般的关怀和温暖，无非就是在自我欺骗。虽然，不是每个人都能练就一身刀枪不入的本领，但至少，也需要鼓足一个人去面对世界的勇气。这才是最基本的生存准则。"

周周离开公司的那天，安叶将她送到了楼下。

"接下来什么打算？"

周周皱着眉头，想了想，说："再说吧，我想先休息一段时间，仔细想一下，看我到底想要过什么样的生活。"

"这样也挺好。"

说完，两人挥手告别，在安叶快转过身时，周周又喊住了她，跟她说道："在公司的这一年里，谢谢你对我的照顾，我想，不管我接下来去哪边，都会记得你的。"

安叶微笑着摇了摇手，说：“你不用记得我，我也没有刻意地照顾过你什么。”

顿了顿，她又说道：“不过接下来，不管你去了什么样的公司，记得都别把自己逼进死胡同。放轻松点，实际上，热闹和孤独，都是装在你心里的。”

周周笑了笑，说道：“嗯，我会的，谢谢。那么，再见了。”

安叶点了点头：“嗯，再见。”走出两步后，她又突然回过头来，冲着周周说道，“你笑起来更好看。”

五月份，安叶在结束了手头的项目后，突然找到我，跟我说，她要离开一段时间。

我一惊，问她：“你怎么了？”

她很淡定地告诉我：“我没怎么啊，我就是告诉你一声，可能接下来很长一段时间，你都不会见到我了。”

“那你的工作呢？不会也是要辞职吧？”

她看着我吃惊的表情，笑了笑，说：“我辞职报告都已经交上去了，这两天也已经在交接工作了。”

我被她的消息砸得一愣一愣的，半天才反应过来：“怎么这么突然？”

“其实并不突然，决定我早就做好了，只是一直没跟你说。”

听着她轻松的语气，我便不再追问她的离职原因了，于是，就调侃她：“你不会也是因为压力太大吧？”

她摇了摇头，轻声笑道：“你觉得我是那种会因为压力大而逃避的人吗？”

说罢，她耸了下肩，接着说：“而且，人生还有那么长的路要走，我怕的不是累，而是厌倦。这么多年了，我想给自己放个假，去彻底放空一次自己，这样，我才能在接下来的时间里，以更好、更舒心的状态投入到新的工作和新的生活当中去。”

我被她堵得哑口无言，只能赞同。不过更多的，却是佩服她的勇气和潇洒。

一个星期的时间，她把她手上的工作交接完成，然后，就真的离开了。

接下来的大半年里，我没有她的任何消息，也完全不知道她去了哪里，过着怎样的生活。

唯一一次，是她在旅行的途中，主动给我发了一条微信，那是一张日出的照片，还有她笑得很灿烂的脸。

在照片之后，她发了这样一句话过来：

人生总是有许多的勇气与孤独，时间过去，我们终是会在勇气之下强大起来，会在孤独之中饱满起来。

日升月落，人来人往，这就是我们最初的姿态。

Chapter 13

你要配得上自己所受的苦

之所以大家的差距越来越大
不过是因为他拥有高效的行动力
而你，还在明日复明日地拖延着

前段时间跟人聊天，意外得知以前一位同事现在自己出来创业了，虽然公司不大，但是收入却很可观。

稍微打听了才知道，他的公司已经成立了两年多。

说实话，一起共事那会儿，我就一直挺佩服他的，因为，我真的很少见到像他那样做事认真的人。

不管大家是在上班时讲话吃东西，还是加班时嬉闹混时间，他从来不参与，始终都是对着他的电脑，极为认真地工作和学习着。

有一次，几个人一起加班，快晚上十点时，其他人都已经准备下班了，只有他，依旧还在电脑前研究着网站当天的数据和关键字排名。

有同事走到他旁边，看着满屏的数据打趣道：“下班了下班了，这么认真干嘛呢！都这么晚了，公司又不是你的，明天来看也是一样的。”

等了一会，他才取下眼镜揉了揉眼睛，回头笑了笑，说道：“这数据要是没搞明白，晚上睡觉我都会惦记着，然后，就该失眠了。”对待工作，他总是认真到旁人不能理解。

最近，我刚巧有个做新媒体运营工作的朋友在工作上遇到了些困难，问我这行业里有没有熟悉的人，我脑海中跳出的第一个人就是他。于是，我就打电话给他，帮朋友牵线搭桥。

后来，在电话里，我顺带说起了以前和他共事时的一些事。

我开玩笑地说：“你那会儿做得那么认真，好些人都以为你跟老板是亲戚，上次听别人说你出来创业了，我都觉得不是真的。”

“在我看来，每一份工作，都该是认真对待的。而且，我始终坚信，无论在哪儿，我都是在为自己工作。毕竟，不管公司是谁的，在里面学到的东西，都是我们自己的。”

一如既往，认真的口气，透过电话，直抵耳膜。

“不管公司是谁的，学到的东西，永远都是我们自己的。”这才是真正的大智慧。

虽然眼前，你只是在别人的公司工作，可是，你学到的再细微的东西，提升的任何一点能力，都是属于你自己的。

而且，你认真并努力，那你花出去的每一点时间，消耗的每一点精力，也都会原原本本地回到你自己身上。

相信，终有一天，它们会成为你披荆斩棘的武器，带你所向披靡。

虽然，这些道理简单易懂，可真正能做到的人，却少之又少。

认识程菱快两年了，她身边的人基本每隔一段时间就能听到她抱怨公司——工资低、老板抠、福利差、晋升空间小……

刚开始，我很疑惑，也很想问她，既然公司这么差，你为什么不跳槽呢？也有人跟我有同样的疑问，她每每都会回答：“找到更好的，肯定就走了。”

大家都以为她要求高才迟迟没有找到更好的工作，久而久之，似乎多数人都明白了，原来是另一回事。

她刚毕业就应聘到了现在这家公司，刚进公司做的是客服，而且在这个岗位上一待就是两年。两年的时间里，她每天朝九晚五，下班也鲜少接触跟工作相关的任何事物。

后来，公司业务扩张，因为运营人员招聘跟不上需求，所以就从内部抽调了一部分员工填补运营岗位的空缺，而程菱刚好就在名单里。

她就这样糊里糊涂地从客服转到了运营，在其他人眼里，这是一个甚好的机会，只是她认为公司在压榨她、不尊重她。

做了一年多运营，她还总是找人诉苦："我就是倒霉，以前做客服多轻松啊，从来不用加班。可现在呢，我就从来没正点下过班！而且，运营这活也太难干了，每天乱七八糟的事情一堆，感觉自己跟打杂的似的。"

朋友问她："你们老板没找人给你们培训培训？"

"哪有哟！老板抠得要死，才舍不得花那个钱，都是我们自己摸索。依我看啊，到现在，也没几个真弄明白的。"

"那你可以自己买点运营的书看看嘛，难得转岗了，也算是你们公司给你的机会，而且，多学点东西对你将来的职业发展也是有帮助。"朋友建议她。

"每天光是工作就累的要死，哪还有时间看书！再说，这哪是什么机会，我看他们根本就是招不到人，才拉我去顶上的。我都在这里干了三年了，累死累活的，都没给我涨过工资，学了又有什么用，他们只会觉得我更好欺负罢了……"

公司业务拓展，将你调去新的岗位，主动给你机会，你却不知珍惜，认为公司是在压榨你、欺负你，只顾消极抵抗，传播负能量。这样的你，公司又怎么会给你涨工资呢？

在新的机会和挑战面前，你不去提升自己的职业技能，反而认为学习是无用的，这不就等同于你主动放弃了晋升的机会？

所以说，人啊，一旦对自己盲目自信和过度纵容，那就真的很难再继续前进了。

真的，不要输在自己对自己的纵容里，在这个瞬息万变的社会里，我们缺少的从来都不是什么成功秘籍，而是，对自己的改变。

上个星期，偶尔有联系的初中班长组织建立了个微信群，一开始群里还只有几个人，后来陆陆续续的，进来了很多人。

时间过去太久，大家各奔东西，谁也不知道谁在哪，在干着什么。甚至，很多同学，从一毕业就失去了联系。

这会儿，大家像是找回了老友一样兴奋，在群里你一言我一语，聊得热火朝天，慢慢的，了解了彼此的近况。

建群的第二天上午，又进来了一位同学，是何立。大家打完招呼后，有人问他，现在在做什么。

他发了个笑脸过来，说道："随便做做翻译什么的。"

初中那会儿，何立是个存在感不高的人，跟多数同学接触的都不是很深，所以他发完消息后，也没有人细问下去，有人"哦"了一声后，大家就又投入到下一轮的闲话家常中了。

到了晚上，初中同桌突然私下发微信给我，说："我有一个重大消息要告诉你！"

突然看到这句话，我没太反应过来，随手回了句："啥？"

"我今天看了他朋友圈才知道，他根本不是随便搞搞翻译什么的！而是在做英法双语同声翻译啊！"

一连几个感叹号，让我感觉到了对方的激动，说实话，这种传说中的闪闪发光的牛人突然出现在自己的同学圈里，的确很让人感触。

后来，在我那初中同桌的多方打听下才知道，原来何立也是近一年才当上英法双语同声翻译的。而在这之前，他也只不过是在一家外贸公司工作而已。

只不过和一般人不同的是，他工作以外的所有业余时间，都用来学习英语和法语了。

就在前年，他报考了CATTI 2（国家二级笔译考试）并成功拿到了翻译资格证书，这才开始接触翻译，然后慢慢做到了现在的双语同声翻译。

毕业那年，人人都在做职业规划。可毕业这么多年过去了，多数人都忘了，那年毕业时做过的规划是什么了。

我们总觉得，那些闪闪发光的职业离我们很遥远，殊不知，他们就在我们身边。

多年不见，你发现对方变得那么优秀，于是逢人就说，谁谁谁变化好大，真可怕。可实际上，你不知道，在别人眼里，这么多年过去了，却看到的依旧是那个一成不变的你，这才最可怕。

大多数人都是普通人，没有谁比谁聪明太多，也没有谁比谁背景深厚太多。

之所以大家的差距越来越大，不过是因为他拥有高效的行动力，而你，还在明日复明日地拖延着。

你该知道，拖垮你的不是别人，而是你自己。

人生，本来就是一个自求多福的过程。

所以，我们只能自己争气，你吃了苦，就要把事情做漂亮，这样你才能理直气壮地说，我配得上我所受的苦难，更配得上我所有拥有的一切！

Chapter 14

会说话的人，一开口就赢了

通俗一点理解，所谓的情商高，不就是会说话嘛。

生活中，我们常常会遇到这样一些人：他们说话很直接，往往“口无遮拦”，而且，还总是爱把“我这人就是说话直”这句话挂在嘴边。

他们总以为“性子直”是一个万能的挡箭牌，只要说了这句话，就可以为他们的任何言辞开脱。可殊不知，那些伤人的话语，是没有人会真的不在意的。

记得有一次，大家在同学群里闲聊。

同学A说，他父母都年过半百了，退休在家也没什么事做，而且，自己又常年不在他们身边，担心二老的日子过得比较孤单，所以想要劝他们养只狗。他借机向父母提了几次，可是，却都被拒绝了。

于是，他就在群里跟大家取经，问有没有好的建议，可以说服他的父母。

大家纷纷讨论了起来，以前跟他关系不错的一个哥们说道："你多跟他们说说好处嘛，你平时在异地工作又不能陪着他们，养只狗多好，既可爱又能让家里热闹起来。"

许多同学都表示赞同，而且都有人开始建议他，说可以养什么品种的狗。

这时，一个平时很少说话的同学突然冒了出来，说道："我也觉得养只狗挺好的，刚好都能活个二十来年的样子……"

紧接着，群里被尴尬的氛围所笼罩。

小沐有一位女同事，大家平时都叫她李姐，李姐四十好几了，虽然平时会自己调侃自己年纪大了，但又比较忌讳别人说她老。

有一次小沐他们单位聚餐，快结束时，大家讨论一会儿去哪玩，有人问李姐意见，李姐说道："我年纪大了，不如你们年轻人有精力，就不跟你们去凑热闹啦。"

有同事劝道："哪有，李姐你一点也不老，一起去玩玩嘛！"

李姐听完，笑得开心：“再过几年我就该退休啦，还不老呢。”

然后，小沐突然凑上前来，说道：“是哦，李姐，你过几年就该退休了呀！就说嘛，我一直都觉得喊你姐不太礼貌。”

紧接着，她又加了句：“毕竟，你跟我妈差不多年纪，我应该管你叫阿姨才对……”

当时，大家面面相觑，李姐脸上更是红一阵青一阵。

小伊将结婚日期定在了节假日，所以酒店很紧张，最后无奈，她只好选择在傍晚办婚礼。

结婚前两天，她请身边的闺蜜朋友帮忙，希望他们能在她结婚当天帮忙打点气球做个拱门，以便拍照录像时能好看点。

就在他们几个人在一起讨论到时要怎么打气球、怎么做拱门的时候，小伊闺蜜的老公很是惊讶地问道：“你为什么在晚上结婚呢？晚上结婚在我们那都是二婚的！”

那一瞬，全场静默。

小伊的闺蜜反应过来后狠狠瞪了她老公一眼，她老公有些无辜地看了小伊一眼，说：“不好意思啊，你别生气，我这人就是说话比较直，你也别往心里去……”

其实，这世间大多数的矛盾，都是源于不会说话。

一件事情，可能会因为说话的方式不同，而有不同的结果。换个方式，或许你就能取得一个很好的结果，可偏偏，你就选择了那个最为欠妥的方式。

没错，你可以是一个“心直口快”的人，但也请你记得，别因为你的“心直口快”而让你身边的人难堪。

不管是对陌生人，还是对熟悉、亲切的人，请务必都保持着最基本的尊重和耐心。不该问的不问，不该说的别说，要知道，你的“心直口快”不过是暴露了你的低情商罢了。

凡事三思而后行，同理，任何话语也请“三思”而“后言”。

不要把“性子直”当做是你口无遮拦的挡箭牌，没有人喜欢听难听的话。

你需要明白一件道理，若你的善意以一种错误的甚至是愚蠢的方式表达出来，那么，它带给对方的，只会是恶意。

再说几个故事。

很多年前的一次初中同学小聚，地点是一家不错的餐馆，到场的有十几个同学，其中有一位是我初中时心仪的对象易阳。

因为熟悉的几个朋友都知道我曾经喜欢过他，所以安排座位时刻意让我坐在他旁边，美其名曰圆一圆我的梦，我也就欣然落座。

酒过三巡，大家也都吃得差不多了，于是很多人都放下了筷子，开始有一搭没一搭地聊起了天。

这时，服务员端上来了最后一盘菜，恰巧是我爱吃的。

看着大伙聊得起劲没人注意我，于是，我就起身夹了一筷子，只是没料到，夹到半路，手一抖，菜掉到了易阳的盘子里。

看着大家调侃的眼神，我霎时间有点尴尬。

易阳看了看我，笑道："虽然我已经吃饱了，但看在你这么热心为我夹菜的份上，我也要尝尝看了。"

接着，他拿起筷子夹起我掉在他盘子里的菜就放进了嘴里，嚼了两口，说道："嗯，味道果然不错。"

然后，还不忘一本正经地跟大家说道："你们也别羡慕我，再羡慕她也不会给你们夹的，所以，你们自己动手吧……"

说完后很多人都笑了起来，顿时，尴尬全无。

有一则新闻，说的是在一个度假村，儿童网球课结束后，年轻的女工作人员带着孩子们离开时，少算了一个人。

等走到门口将孩子们交到各自父母手中时，她才发现少了一个人。她急得眼睛都红了，匆匆往回赶去找孩子，孩子的母亲也一起赶了去。

这个孩子才四岁，因被孤零零地留在原地，被吓坏了，见到女工作人员和妈妈时，放声大哭。

孩子的母亲看了眼站在旁边局促不安的女工作人员，蹲下来抱了抱自己的孩子，轻声地安慰他道："乖，不哭了，已经没事了。你看那位姐姐，因为找不到你，也非常担心害怕。而且，她不是有意的，所以你现在去亲亲她，也安慰她一下吧。"

孩子很是听话地走到了那位年轻的女工作人员面前，对方蹲下身来，孩子踮起脚尖亲了亲她的脸颊，说道："你也不要害怕，我已经没事了。"

那位年轻的女工作人员瞬间红了眼眶。

Alice是一个美甲师，五年前朋友第一次带我去她的店里美甲时，我就觉得她很特别。

不管是对陌生人还是相熟的人，她跟人说话时，都会很认真地看着对方，而且不管对方抱怨什么，她都能通过不同的角度来宽慰或是夸奖对方。

还记得那会儿她给我们做指甲时，朋友一边照着镜子，一边跟她抱怨：“哎，我觉得我眼睛好小啊，在长相上一点优势都没有！”

Alice听完后笑了下，然后抬起头特认真地看了看她，很温柔地说道：“从相术上来说，眼神胜过眼形，你眼睛虽然小但却很有神采，相伴的运气也会很好。所以，这就是你独一无二的优势，不是吗？”

朋友听完后，笑开了花。

不得不说，说话，真的是一门学问。

有人说话不只是不中听，还往往会让人觉得难堪或是反感。可有人说话不光是让人听着舒服，还总是能巧妙地达到他的目的。

细细想来，这不就是情商高低的最直接体现嘛！

从官方的解释来说，高情商包含了五个要素：

一是能清楚认识自己的情绪，二是能妥善管理自己的情绪，三是懂得自我激励，四是能清楚认知他人的情绪，五是能妥善处理人际关系。

可实际上，通俗一点理解，所谓的情商高，不就是会说话嘛。

在尴尬的氛围中，在局促不安的场面里，在看似闲聊的谈话中，一句话往往可以掌控全局。

这不就是高情商的魅力所在吗？

很多人认为，情商高的人说话虚伪、处世圆滑，可事实上，却并非如此。

情商高不是世故，也不是没有原则，会说话不代表虚伪，也不是为了刻意讨好谁。

他们不过是看透了这个世界的残酷，所以变得更加的圆融，更加懂得克制自己和尊重他人罢了。

他们懂得去发现别人的优点，察觉别人的需要，他们有着一颗悲悯的心，懂得欣赏和体谅他人，同时，也懂得换位思考。

所以，他们知道怎么说话不会伤害他人，知道怎么说话不易引起误解，知道怎么说话不会使人难堪，他们知道怎么说话来传达温暖，知道怎么说话来表达善意，知道怎么说话来感染他人。

如果说，这是虚伪，那我宁可这世界充满着这种“虚伪”。

说话是一门艺术，请得体地运用你的语言。

多予人一些理解、沟通、尊重、体谅、安抚、平和。

请相信：你给予了这世界美好，这世界也终会回予你美好。

Chapter 15

好的教养，就是不让人难堪

待人接物，以心度心，以身观身。

如此这般，真的很美好。

朋友有位同事，大家都称他为郑先生。

他说，郑先生是一个自诩很有教养的人，也一直表现得很有教养的样子——从来不乱扔垃圾，很少在办公室大声喧哗，不在公共环境中抽烟，等等。

而且，他不只自己这样做，还会监督他人，要求其他人也这么做。

这些行为从道德上来讲，是没有错的，而且他也的确一直在人前表现得很好。可是，却从来没有人去称赞他，更甚，很多时候，大家都不愿意亲近他。

原因很简单。

如果看到有人乱扔垃圾，他从不会去默默地捡起来，而是追上那个乱扔垃圾的人，拽住对方指着他扔下的垃圾不分场合地进行一顿批评。

如果有人在公共环境中说话大声了点，他不是善意地去提醒对方，而是一脸不快地看向对方，有时还会怒气冲冲地走到人家面前，公然指责对方的行为……

每每，都会弄得对方难堪不已。

朋友说，有一次，他们几个同事一起乘飞机出差，其中正好就有郑先生。

吃完飞机餐后，郑先生自己将餐盒、纸杯、废弃物都一样样地整理好，等空姐来收拾垃圾的时候，特意表现得很有礼貌地将餐盘交给她。

坐在郑先生旁边的同事显然没注意那些，而是乱七八糟地将吃完后的垃圾都堆在了一起，其中，有一张纸巾因为不小心洒上了水，湿哒哒地黏在了餐盘上。

当空姐接过郑先生的餐盘，再去接他旁边那个同事的餐盘时，郑先生看了一眼，突然就皱起了眉头，很嫌弃地说道："你这人怎么一点都不注意呢，这样待会儿工作人员多难收拾啊！而且，你知道这餐巾纸黏在餐盘上有多难清理吗？"

虽然郑先生的声音不算很大，但是周围坐着的几个人和空姐，都很清楚地听到了，那个同事瞬间尴尬不已，举着餐盘收也不是，给也不是，最后还是空姐笑着给解了围。

对于这种行为，我真的很不赞同。

在我看来，教养不是用来作秀的工具，教养更不是这种抬高自己、贬低他人的行为。

是的，没错，你是在人前表现得很有礼貌、绅士，但是，你也不必用你的行为来定义他人吧？

他虽然的确有不对的地方，但是你这样不顾及他的感受，公然地在人前给他难堪，你就真的是个有教养的人？

答案不言而喻。

看得见的教养是最容易的，因为慑于群体的压力，所以很多人会为了顾及面子，而有选择性地收敛自己的行为。

可是，这种真的称不上教养。

要知道，真正难的是那些看不见的教养，比如始终保持清明的本心，不虚伪、不做作，不与人难堪。

这才是真正好的教养。

小曼跟我说过这样一件事。

AR HOLIDAY HOTEL
CAN RESTAURANT
PUDDING S

她刚进入公司那年，公司组织旅行，大家一起去的三亚。三天两晚的行程，第一天和第三天是由旅行社安排行程，第二天是由他们自由组织。

结束了第一天比较固定的行程，第二天大家都希望更自由地进行游览，于是，便各自结伴游玩。

小曼跟着其中一群人到了海边。自费玩了几个小型的项目后，有人建议去体验一些刺激的海上项目，好几个人都表示赞同。

小曼尚未说话，就被他们拉到了收费处，细问下来，才知道一个项目至少要花两百多块。因为大家都玩得比较起劲，所以一商量，好几个人立刻交了钱，兴冲冲地准备出发。

这时候，小曼缩在人群后面，没有上前。有人问她，怎么不去，她尴尬地笑了笑说："我胆小，你们去玩好了，不用管我。"

这样的借口往往都是很容易被人忽略的，因此不少人还是劝小曼道："去啦去啦，这么好玩，不用害怕，胆子练着练着也就大啦！"

小曼一直站在原地不动，脸上挂着笑，不停地重复着："我不去，你们去吧……"

此时，平时很是低调的林薇走了过去，抬起手随意地搭在小曼的肩上，挥着另一只手跟其他人说道：“你们赶紧去玩吧，趁着这会儿人不是很多，还能多玩一会儿，别一会挤得要死的时候后悔！我今天不是很方便，就不跟你们去了，刚好小曼陪着我，省得我一个人无聊，我们就在这附近溜溜，顺便拍点照片，一会你们结束了给我俩打电话就好了……”

小曼说，她当时真的很感谢林薇。

实际上，她也很想去玩，但是因为最近实在是不太宽裕，再玩下去，回去后就得节衣缩食了。可是人都多多少少有些好面子，她也不好当面告诉大家她其实是为了省钱，如果他们再继续说下去，她真的不知道要怎么办了。

“我知道，当时林薇是出来给我解围的，我跟她住一个房间，她其实根本没有不方便。我真的挺感激她的，她很自然地就帮我化解了当时的难堪……”

所谓的教养，不是你做了什么惊天动地的大事，很多时候，一点很小的事情，就足以证明一切。

它最为直接的表现就是，能在不动声色中替人解围，在悄无声息中予人美好。

这是一种智慧。

刚出来工作那年，为了扮成熟，于是买了一双十厘米的高跟鞋。

每逢公司比较重要的聚会，我都会把那双鞋拿出来穿。可偏偏，我又是个特别不会穿高跟鞋的人，所以，每次都走得左歪右晃的。

记得有一次聚会结束得比较晚，回去路上又恰逢大雨，我住在小区相对靠里的那一栋楼中，所以进小区后还需要走上一大段路。

下雨天，小区里的灯光显得特别的昏暗，我一边踩着高跟鞋，一边举着伞心惊胆颤地走着，担心下一刻会一不小心摔倒。

走了一会儿，身后驶来一辆车，我很小心地往路旁边挪了挪，让出了一条足够对方通行的路，可始终不见对方开过来，我以为是因为下雨对方开得慢。因为没听见鸣笛，也就没想太多，依旧小心翼翼走着我自己的路。

等我拐向自己住的那栋楼的岔路后，发现脚下的光线暗了许多，这才惊觉，原来刚才对方一直在用他的车灯为我照路。我心下一暖，转回身看过去，发现对方正缓慢地从我前面开过，哪怕地上已经有了不浅的积水，也不见溅起一点来。

眼看着他开出了好长一段路后，才重新提起速来……

那一刻，我真的感触不已。

他们那些不经意的行为，仿佛夏日的一丝凉风，冬日的一个暖炉，不会打扰到你，却在无形之间让你无比地舒畅和感动。

大家都是普通人，也都在做着一些普通的事，可往往，就是那些用心去做的某一件很普通的小事，会让人倍觉温暖。

待人接物，以心度心，以身观身。如此这般，真的很美好。

大千世界，百态人生。

教养之事，说难不难，说易不易。你无须刻意为之，只需，不予人难堪，足矣。

Chapter 16

你那么好说话他们尊重过你吗

与人为善并不代表软弱和没有原则，好说话也可以维护自己的利益和立场。

张青是公司里的老好人，不管是谁找他帮忙，他都不会拒绝。甚至经常因为要处理大家找他帮的“小忙”而加班，可尽管如此，也从不见他有任何的抱怨。

刚开始还有个别同事因为他这样老好人的样子，拐着弯劝他，让他不要什么忙都帮，毕竟他自己的工作也不少。

每每这时，他都会笑笑说道：“没事没事，大家都忙嘛，我帮这点忙，也费不了啥事。”

慢慢的，就再也没人劝了。后来，似乎大家也就都习惯了，只要有自己不想处理的事情就都往他那边推了。

有一天，张青重感冒，又碰巧这天需要他值班，他想找同事帮他值半天班，毕竟他以前也经常帮他们值班。

可是，当他打电话给他们时，却发现刚好这天大家都有事，没人能帮他值班。

同事A要陪女朋友回家，同事B要陪孩子出去玩，同事C有朋友来玩走不开，而同事D又不巧肚子痛……

最后，他不得不吃了强效感冒药，再拖着头晕脑胀的身子去公司值了班。

第二天，他由于前一天没能好好休息，感冒加重睡过了头，到公司时已经迟到了半个小时，又碰上电梯迟迟不来，他赶紧地爬起了楼梯。

在快到他办公室楼层时，突然听到楼梯间里传来同事熟悉的声音："这张青也真是的，今天怎么还没来呢，我前两天找他做的表他还没给我呢，刚才老板还找我要……"

"你要不打电话问问吧，听说他好像重感冒了，说不定今天请假了呢。"

"重感冒？听谁说的？"

"早上听李姐说的，说他昨天打电话给她，说他自己感冒了，让她帮她值班来着……"

"那李姐难道还来帮他值班了？"

"李姐说她随便找了个借口拒绝了。"

"想想也是，我估计没人来吧。张青这人，平时看上去一副老好人样子，谁找他帮忙他都帮，可谁不知道啊，他这人本来就是没个主见的，而且估计是谁都不想得罪，所以才表现得那么好说话的吧。”

“就是就是，一副多面派的面孔，偶尔帮我们一点小忙还要加个班，也不知道是在表现给谁看。”

你的妥协与付出，并没有获得回报。

老家有一个耳根子很软的叔叔，但由于他平时很勤快，所以家里条件还不错。所以一般谁家里有点事情要钱用，只要稍微找他吐下苦水，他肯定会借。

只不过，这钱一旦借出去了，只要对方不主动还，他也从来不会找对方要。因为在他的观念中，对方不还总归是因为有困难，所以才没能还他。

为了这事，他老婆几乎天天和他吵架，可他就是耳根子软，听不得别人诉苦说难的，只能一遍一遍软着语气跟他老婆说：“都是亲戚邻居的，迟早会还的，反正我们也不急着用。”

就因为这样，他家里有存好几堆欠条，却鲜少见谁能按时还钱。

他有个工作了两年的儿子，这一年，他儿子在外跟人合伙创业，刚好缺点资金，所以就希望他能帮着支持一点。

他想着，作为父亲这个时候是该支持一点。所以，看着家里那一堆的借条，这才不得不硬起头皮去问亲戚邻居能不能把钱还了，说他儿子有急用。

可这会儿，他却发现，老赵上个月刚为他儿子买车出了点钱，所以这会没钱了，得年底才还得上。而小周才给家里添置一台电脑，又加上孩子开学要交学费，所以只能先还两千。

除了两三家表示理解当面还上了，其他人多多少少都有些“难处”，还得过一阵子才能还上。

于是，他也就没再为难大家了。可尽管他如此好讲话，却还是有人在背后说他闲话。

那一天，他老婆刚下班回家，在小区楼下碰到两个邻居，其中一个说道：“你说这老王他们家儿子在外创业，是不是真的啊？”

“应该是真的吧，这不他正在到处筹钱嘛，我家昨天刚把之前借的钱还给他呢。”

“我不太相信，总觉得他这人吧，这些年是越来越小气了，说不定是找了这么个借口，来把借我们的钱要回去……”

central

闺蜜的表妹在深圳工作，由于深圳离香港近，所以她周末没事儿都会过去香港玩。

只是，每一次过去，她身边的同事朋友，都会找她带些东西回来——化妆品、护肤品、奶粉、电子产品等，以至于她每次过去都得背着个大书包，穿梭在各大商场里，不但每次都没法好好游玩，回来还落得一身的疲惫。

有一次，她实在不想去了，她说，光是想到又要去逛商场她就头晕眼花。

可她办公室的同事都习惯了她每周去，于是有个同事问也没问她，就直接告诉她："笑笑，你这周帮我带瓶护肤水回来吧，就上周你帮我买的那个牌子，很好用，我买一瓶送给我妹妹。"

这理所当然的口气，听得她很不舒服，但她也只能表现得很无奈，然后说道："不好意思啊，这周有点累，所以不去了。"

这时，旁边另一个同事急了："啊，这周干嘛不去呢？我这面膜用完了，还准备让你带一盒回来呢！"

"对呀对呀，我家小孩的奶粉也快没了，你就去一趟吧！"

同事们开始七嘴八舌地说了起来，每个人都有急需要她去买的东西，好像她不去香港就是要断了他们的口粮一样。

在她准备再次解释自己去不了时，一开始找她带护肤水的那个同事又开口了：“你就去一趟吧，你看大家都有需求呢，反正香港离得近，要实在不行的话，大不了我们给你报销路费好了！”

说罢，手一挥，感觉像是给了她很大恩惠的样子，而其他人也应和着不停地点着头。

看到这，你是否明白了些什么呢？

最后一个故事。

我的小侄女去年刚毕业，她平时就是一个特别有主见的小姑娘，做事利索，为人爽快。

去年她找了份工作，初到公司，秉着要好好建立同事关系的原则，基本上大家找她帮忙她都很少拒绝。那会儿经常有同事说她人好，好说话，她也只是笑笑。

后来，她发现，有那么一两个人有点得寸进尺，有事没事总喜欢支使她干这干那的。

一开始，她还能委婉地拒绝，后来次数多了，她索性就冷着脸，直接当着面说：“不好意思，这不在我职责范围内，我实在帮不了这个忙，你自己想办法吧！”

她说：“工作本来就是各司其职，在我本职工作以外的，我有权利去拒绝。之前会去帮忙，那是我的善良。但是，我也要让他们知道，我的善良也是有立场和原则的。”

如此简单的道理。现在你明白了吗？

你可以好说话，但你也要让别人明白，你的好说话不代表有求必应，不是廉价到谁都可以轻易得到的。

你可以付出你的好，但你也要让他们明白，你的好是有原则和立场的，是可以随时随地收回的。

只有这样，你的好说话，才会显得有价值，才会让人珍惜。

你好说话，这是你的善良。但是，请记得给这份善良穿上盔甲。

善良本身没有错误，但它终归是需要有点锋芒的，如此这般，你才能得到该有的尊敬，而不是莫名的嘲笑。

这个世界总有那么一些糟糕的东西，所以，不管是在生活中还是在工作上，请你在善良好说话的同时，也学会保护自己。

把你的好说话武装起来，别让它变成你的笑话。

请记住：

与人为善并不代表软弱和没有原则，好说话也可以维护自己的利益和立场。

真正的好说话，不是有求必应，不是一味地迁就，而应该是适度的强硬，以及适当的拒绝。

Chapter 17

贫穷不可怕，贫穷思维才最可怕

贫困并不可怕，可怕的是，陷入贫穷思维的泥淖里，难以自拔。

一位同事说她有一个正在读大二的表妹，前段时间跟她抱怨，说她有一个室友，不管买什么东西，总是先看价格牌，看完之后就开始不停地强调“真贵”……而且，只要其他人买了什么稍微贵点的物件，她总是会一边羡慕，一边又说她们奢侈浪费。

她告诉同事：“说实话，我们真不是买了多贵的奢侈品，虽然说上去都是名牌，可实际上却都是平价商品。”

她说，她那个室友虽然人不错，可不管做什么事都显得太小气。还有就是，不管买什么，也都是只管挑最便宜的，而且就算如此，她还总是觉得自己吃亏了。

同事说：“可能她家庭条件不是很好吧？”

“她是说过，她小时候家庭条件不好，不管她想要买什么，她妈都会跟她说太贵、买不起、浪费，而且，还总是跟她强调不准乱花钱、要节俭。于是，久而久之，就导致她形成了一种思维定式，只要买东西，就都会先看价格。更可怕的是，哪怕现在她们家生活条件改善了，可是每当她想买些贵点儿的东西时，却依旧会产生负罪感……”

其实，我们身边这种类型的人并不少见。

孩童时期，碰上舍不得花钱的父母，万事都秉承着“省省省”的原则，绝大多数情况下，会导致孩子长大后，也走不出这种思维上的束缚。

不得不说，这算得上是一种悲剧了。

我并不否认，节俭是种美德。但是，当节俭变成一种思维负担，那么，这就不健康了。

凡事终归需要一个度，过则不当。

曾经跟一位朋友聊及她的前任，她告诉我：“说实话，斤斤计较、爱占便宜的家庭，真的很难培养出心胸博大的孩子。”

朋友说，她跟她前任一起生活的那段时间里，她前任的母亲来他们那里小住，短短一个月的时间里，她们之间就矛盾不断。

朋友回家喜欢多开几盏灯，可对方却总是唠叨她浪费，然后马上就将多余的灯关了，每次只留一盏壁灯；朋友出门打车，她就变着花样在朋友跟前说打车太贵，不如坐公交，既方便又便宜；朋友请朋友在外面吃饭，她会不停地说她不懂持家不懂节约……

去菜市场买菜，她总要让别人多送一点；去水果摊买水果，她总会少给一毛两毛钱；甚至连进超市买点生活用品，她都能站在收银台跟收银员讲半天的价。

朋友说，一开始，她觉得可能只是两人的消费观念不同，毕竟，父母那一辈人的确比较节俭。可是后来，她发现并不尽然。

朋友告诉我，在去她前任家见父母那会儿，他们本来是决定那年年底领证的，可最终，却因为走了这一遭，让她有所迟疑。

朋友去她前任家时，正值炎夏，随便走动下就能出一身臭汗。更何况，在一个小镇里，过去光是转车，都要转三趟。

可是，到了她前任家后，她又发现一件特别让她无法忍受的事——没有淋浴，只能在大澡盆里洗澡。

朋友想既然两人快结婚了，这些事情需要接受，不能矫情，于是，也就忍了下来。

只是在第三天，她发现他们家附近有一家澡堂，于是，她去了澡堂洗澡。这事被她前任的妈妈听到了，虽然她当场没有说什么，可等朋友洗完澡回去时，却意外听到她前任的妈妈在跟他们家的邻居抱怨：

“你说她天天洗澡都洗掉我们两人份的水，还偏要花那个钱去澡堂洗……”

刚说到这，那位邻居刚好看到了我的朋友正从她对面走来。

朋友说，那一瞬她拎着洗漱用品，顶着还在滴水的头发站在原地，既尴尬又委屈。可是，却偏偏无法开口说上一句话，因为，她害怕她一开口，就忍不住哭出来。

当天晚上，她把这事跟她前任说了，算不上抱怨，只是觉得有些委屈。

结果，她前任无所谓地说：“我小时候想要去洗澡，都是我妈偷偷找人带我进去的，从来没花过钱。你倒好，刚来几天就偏要花这个冤枉钱，这能怪谁？”

朋友说：“我从来没听过一个男人，把占便宜这件事情说得如此的理直气壮。那一刻，我感觉，我或许真的需要重新认识他。”

你的思维不只让你变成了“穷人”，紧跟着，你的孩子也随着你一起，变成了“穷人”。

这里的贫穷，不单是指物质层面的贫穷，更多的是指思维层面的贫穷。

简而言之，这是思维层面的僵化、狭隘和匮乏，这样的思维会导致一辈子都陷在这样的观念中，从而难以摆脱“贫穷”的状态。

去年，一位大学同学说起他的一个经历，好几年前，他手头有一个不错的项目，但因为资金不足，所以需要找人投资。

后来，经朋友介绍，很快就联系到一个投资人。

刚开始，他非常热情地约对方出来聊项目规划，可他们刚坐下，还没谈及项目，对方就问他：“你这个项目有风险吗？”

他愣了一下，笑了笑说：“没有什么风险，当然，如果遇到极端的情况，也不排除有一定的可能。”

听到这样的回答，对方满意地点了点头，说：“那我就放心了，我可以投资，但是我需要提前说明，如果真的遇到你说的那种极端情况，我是不会承担任何风险的，你需要确保我的本金安全。”

我那位同学当场就没了继续谈下去的欲望，可对方却完全没有察觉出来，依旧兴致勃勃地询问他项目的分成模式。

“分成会按照正常的投资比例来，但是……”他故意停顿了下，然后强调道，“公司每年需要拿出整体收益的5%作为发展资金。”

听到这，对方立刻加大了声音，果断地表明立场：“我是投资人，你必须每年按整体的收益给我分成，至于发展资金，那并不是我的投资范畴。”

这个合作最终没有谈成了。我那位同学直接跟介绍人说，他是不会跟这样的人合作的。

介绍人无奈地告诉他，对方因为家里一直比较穷，是在一种谨慎的消费观念中长大的，如今虽然有了一大笔钱，却也是因为房子拆迁而意外得来的，所以，在投资这块才会显得格外的谨慎。

同学摇了摇头，告诉他：“这不是谨慎不谨慎的问题，而是思维问题。即使现在他的经济状况改善了，但他的贫困思维却没有任何的变化。贫穷的思维导致他始终有一种不安全感、不确定性，所以他只会过于重视当下的、短期的收益，而对于长远的、抽象的、需要付出一定代价的收益却充满警惕。我只能说，对于这样的人，我是无法与之合作的。”

我相信，你或许或多或少见过这样的一类人。毕竟，贫穷的思维就像是遗产，哪怕人们再不愿意去继承，也总是会刻进他们的人生里。

不得不说，一个人的“贫穷”，大多数都是因为他走不出上一代人给他的思维束缚。

对现状的不安全感，对未来的不确定感，总像是被困在枯井当中，不知道明天该往哪个方向努力。哪怕拿着不错的工资，却不敢跳槽，拥有不少的存款，却不敢投资，将自己困在枯井当中，过着封闭守旧的日子。

曾经看过一个故事，内容有关《为何贫困是一种疾病》，这篇文章的作者库珀。

库珀四十岁，年薪超过七十万美元，担任过投资银行的经理，同时还是杜鲁门国家安全项目的成员。

从表面来看，他事业有成、家庭幸福，是不折不扣的成功人士。可却没人知道，他内心有种强烈的不安全感，甚至常常自我质疑、焦虑不安，他虽然早早结婚却迟迟不敢要小孩，因为他始终觉得，钱还没攒够。

他在他的文章中说，一个长期处在贫困当中的人，难免会对生活中的困难反应过度，大多数情况下，都会过分地把注意力集中在短期的事情上面，而无法考虑长远的打算。

这已经是一个很普遍的观点了，穷养孩子，真的不是一种妥当的做法。

在贫困环境中长大的孩子，从小就处在压力当中，无论做什么，都战战兢兢，缺乏自信，害怕出错，甚至害怕别人看不起自己。

现实中很多这种人，挣了再多的钱也舍不得花，一心只盯着存款。细问缘由，大多千篇一律——以前穷怕了，花完了怕没有了……

这一切，无非都源于“穷人”的固有思维局限性。同时，也是一种很普遍的心理现象，那就是“越是缺什么，越是在意什么”。

如果从小就被灌输“缺钱”的概念，那么很可能就会让他觉得钱是个不可缺的好东西，然后无比渴望努力赚钱，但是又特别舍不得花钱，在这种矛盾的循环之中，他的认知就会变得有所偏差，并且最终影响他的判断力和决断力。

他不满于现状，却又不敢轻易去改变现状；他期望改变未来，却又害怕承担风险；他想要向前迈进，却又不敢离开眼前的舒适区……

简而言之，贫困并不可怕，可怕的是，陷入贫穷思维的泥淖里，难以自拔。

所以，不要再被自己的贫穷思维困在枯井里了，撸起袖子，按照下面的方式改变一下吧：

1.建立“时间价值”的概念。减少去做花费时间多收益少的事情。珍惜你的时间，别为了节省两块钱而多走半小时的路。

2.“沉没成本”是不可挽回的，这点需要牢牢记住。既然钱已经花了，那就忘了，不要再去浪费时间，不要错上加错。

3.“目标导向”很重要。好的项目永远比钱少，不要过度纠结于金钱，目标正确了，钱总有办法解决。

4.量力而行，减少无意义的重复决策。不需要每次都权衡同样的事情，先去完成最重要的事情。

5.开阔自己的视野。防止自己进入“管窥”的状态，建立长远的规划意识。

如此，共勉之。

Chapter 18

懂得笑着低下头的人，都是聪明人

与其争执不休、毫不妥协，不如笑着让一步，放过他人，也放过自己。

去早市菜场买海鲜，看到一位穿着讲究的大妈拎着刚杀好的鱼，转身时一不小心将袋子撞到了同样过来买鱼的一位姑娘身上。

姑娘穿的是一件白色的连衣裙，而袋子上带着腥味的水刚好沾到了她的裙摆上。

大妈看了一眼，没当回事，随口说了句“对不起”，就准备走了。

姑娘看着她的态度，有些气愤地说道：“你这人怎么走路不看着点啊，我这白衣服沾了东西很难洗的！”

大妈的气质很是彪悍，上下瞅了那姑娘一眼，说：“我已经说了对不起了啊，你自己穿一身白衣服来菜市场，那能怪谁？”

姑娘听她那么一说，更为生气，立马反击了回去：“我穿什么衣服关你什么事！你撞了人你还有理了是吧……”

结果，两人就那样站在鱼摊前面，大吵了起来，远远看去，场面倍显难堪。

这时，我站着的菜摊前，一位提着菜的老奶奶很是感慨地说道：“那两人也真是的，大早上为了这点小事较真，浪费时间又影响心情，何必呢？一人让一步，开开心心买了菜就回家，多好……”

这个说法我很是赞同。

有时候，跟讨厌的人遇上了，偏要去较真争个输赢，不但浪费时间还影响心情，何必呢？不如低低头，退上一步，让让对方就好了。

我三年前在杭州工作那会儿，公司组织旅行。

有一个自费的滑草项目，和几个同事商量之后，决定大家一起去玩。于是，大家派了我做代表去排队买票，其他人都站在旁边的凉亭里等着。

等到我前面还剩三个人时，一个人高马大的小伙子，突然走到了队伍最前面，冲着正准备买票的一位姑娘说：“可以让我先买一下吗？我和几个朋友一起，他们都已经在那边等我了。”

那姑娘也很爽快，直接就点了点头，让了个位置给他。

这时，站我前面的那姑娘不乐意了，直接说道：“你怎么插队呢？没看见我们都排了好久吗？”

那小伙子没太理会，只是回头说了句“不好意思”，就继续掏钱递给售票员。

这姑娘看他那反应，立马就生气了，冲上前去很是恼火地伸手去拽对方的手臂，打算阻止他。

没料到那小伙子也有些不高兴了，用力地甩开了她的手，语气不是很好地说道：“你前面的人都同意了，你那么多事干嘛呢？”

眼看着两人就要吵起来，这时，和她一起的朋友轻轻拉了拉她，说道：“好了，就让他先买吧，我们又不赶时间。”

这姑娘虽还有些情绪，但是倒也听了劝，没有继续吵下去，所以就让对方先买了。

只是等到对方买好票走后，她却又忍不住看着对方的背影，忿忿地和朋友说道：“要不是你拉着我，对于这种没有素质乱插队的人，我才不会让他先买票！”

她的朋友冲着她笑了笑，宽慰她道：“让都让了，你就别再纠结了。不要因为这点小事影响心情，就当没遇到他这人好了，开开心心接着去玩才最重要……”

那一瞬，我觉得她的朋友，真的很聪明。

既然选择了低头让对方先过，又何必还在事后跟自己过意不去。笑一笑便忘了，不纠结、不拧巴，开开心心该干嘛还干嘛，这才是最重要的。

去年年初，公司接入了两个新项目，由小佟和小孟两人一人负责一个。

小孟由于消息比较灵通，早早地打听到她负责的那个项目的对接人比较强势，不是很好相处，于是就提前跟领导申请，说她想要去做小佟手上的那个项目。

领导一开始不同意，但是小孟又比较有手段，最终闹得领导不得不同意，但前提是，需要她自己去向小佟说明情况，得到小佟同意才行。

于是，小孟找到小佟，直接就跟他讲明了，说因为项目对接人是个女强人，而她自己的性格也比较强势，担心两人很难好好相处，所以这才来拜托他跟她换一下项目。

小佟想了想，说那就换吧。

最终，领导见两人都没有意见，就同意了。于是，两人就将手上的项目调换了。

当时，领导有些过意不去地拍了拍小佟的肩膀说：“要你多担当一点了，如果遇到了困难，就来找我。”

小佟笑了笑，语气平和地说道：“没关系，男女搭配，干活不累嘛。”

因为这件事，小孟很是感激小佟，除了偶尔会帮他一些小忙外，还会在关键时刻在领导面前说一些他的好话。

而小佟自己呢，更是在接下来的一年时间，从小孟口中的那个女强人身上学到了很多的经验。并且，借着这些经验，他自己的工作也提升了不少。

年终时，因为小佟这一年工作非常出色，领导还破格给他涨了一次工资。

人生本就是一盘很大的棋局，你在此处退了一步，说不定就会在另一处引你走向胜利。该让的让过，总是不会亏的。

诚然，能在利益是非面前笑着低下头的人，都是藏着大智慧和大格局的。

要知道，这世间大多数事情，都不是简单地用输赢就能定论的。

所以，与其在争论输赢面前把自己弄得很难看，不如选择做点不伤筋动骨的退让，笑着低一低头，这才是聪明的做法，

不是吗？

当你开着车，遇到行人时，等一等，让一让，看似是你浪费了时间，可却避免了碰撞的麻烦，节省了更多的时间。

当你和同事在工作上意见相左时，听取一下对方的意见，适时退让一点，看似是你做了让步吃了亏，可实际上呢，却避免了勾心斗角的烦恼，拥有了更好的同事关系。

当你和家人在某些事情上有摩擦时，及时沟通，让一让，看似是你在妥协，可实际上呢，却避免了小摩擦发展成大矛盾，让家人关系更为亲密和谐。

人生本来就是一场历日旷久的修行，你在此处选择了迁就退让，又何尝不是在此处积蓄了力量呢？

与其争执不休、毫不妥协，不如笑着让一步，放过他人，也放过自己。

这样的话，往后的路，你才会走得更加自在安乐，不是吗？

人生如局，历日旷久。

不争输赢，终得自在。

愿你学会，笑着低下头。

Chapter 19

你男朋友这么好，我就不劝你分手了

时间是最深的沼泽，只愿你，别在等待和将就中，越陷越深。

有一次我在咖啡店闲坐，正发着呆时，突然从邻座传来了一位姑娘压抑的吼骂声：“你说什么？他又打你了？”

出于好奇，我不经意看了一眼。

一个挺漂亮的姑娘，正一脸怒气地看着坐在她旁边的姑娘，而被她看着的那姑娘有些尴尬地拉了拉她的衣袖，示意对方小些声。

虽然接下来，她们交谈的声音变小了，我还是断断续续听到了些。

“他一直这样，你为什么还要跟他在一起啊？！”带着恨铁不成钢的语气，那姑娘压着声音说道。

另一位姑娘弱弱地反驳着：“这次或多或少有我的错，知道他爱吃醋，还拿前男友的事刺激他。”

“你就不能有点儿出息，他打你了啊！就算再吃醋，再生气，他也不能打你啊！而且，你说，这已经不是第一次了吧？我早就劝过你，这种男人真的不能要，可是你怎么……你怎么就不听呢！”

说实话，如果我是这位姑娘的朋友，也会像她这样，气不可耐。

毕竟，男人动手打自己女人的场面，光是想一想，都让人无法忍受。

孩子就是父母的心肝宝贝，从小到大，她父母或许都不曾动过她一根头发。他们如此宠爱女儿，如今女儿有了男朋友，不但没有给予她像他们那样的爱护，居然还挨了他的打？

这样的男朋友，难道不应该马上和他分手吗？

可让我倍感无奈的是，这姑娘竟在极力地为对方辩解：“但是，他平时都对我挺好的，真的挺好的。所以，我就想着，要不，再原谅他一次吧……”

那么，我真的就只能默默地在心底为她叹口气了。

想到大半年前，有次深夜临睡时，收到同事小曼的微信语音消息。

她很是惆怅地问我，她男友迟迟不肯跟她去领证，她要怎么办？

她说他们就结婚这个话题，已经讨论了近半年了。

在语音里，她的声音很低落："我们在一起五年了，可是这五年间，他从来没说过要跟我结婚的话题。"

听完这句话，我很惊讶。

我很想说，一个跟你交往了五年的男人，连结婚的话题都没跟你聊过，你还跟着他？他哪里值得你如此浪费青春呢？

我还未开口，她又发来了信息：

"今年年初，我主动问他要不要跟我结婚，当时虽然他沉默了一会儿，但也是点了头的。可是，从那时到现在，每次我旁敲侧击问他领证的事，他都说忙，要加班，暂缓一缓，这一缓，已经过去大半年了。"

姑娘，忙不是借口，就算再忙，领个证也只花几分钟而已！

你已经在他身上浪费了五年的时光，还有几个五年可以让他这么"缓一缓"呢？

于是我问她，那她自己现在到底是什么想法，接下来打算怎么做？

可是，她竟然告诉我："我知道，他是爱我的。而且，平时他对我也很好，很关心我。可是，我就是想不明白，他为什么迟迟不愿意跟我领证结婚呢？"

是啊，既然你男朋友对你这么好，那五年了，他为什么没有提跟你结婚的事呢？他又是为什么迟迟不肯跟你去领证呢？

素昔是我很久之前认识的一个朋友，她有一个交往了两年多的男友，叫季鹏。本来他们打算年底结婚的，可却迟迟没听到他们摆酒的消息。

有一次，我跟她开玩笑说道："不是说年底结婚的嘛，怎么还没见你请我吃喜酒呢？"

素昔顿了顿，说道："得先缓缓了。"

我有些诧异，问她："怎么了？"

她沉默了好一会儿，才说道："他家里不是太同意，他现在也做不了主。"

"你们都谈这么久了，他家里还没同意？"

素昔无奈地笑了笑："他父母一直说我家庭条件不是太好，所以……"

我听完后，惊讶不已："那季鹏呢？他是怎么想的？"

“他说，让我再等等，等他说服他父母……”

“你们的事，他跟他父母说了多久了？”

“我们刚谈不久，他父母就知道了。”

我愕然，语气不自觉变得有些重：“所以，季鹏花了两年多的时间，还没能说服他父母，还让你再等等？”

素昔辩解道：“他父母不同意他也没办法，他说他会娶我的，只是再等等而已。而且，我看得出，他还是很在乎我的……”

是吗？既然你们男朋友这么在乎你们，对你们这么好，那我也就不劝你们分手了。

只是我还是忍不住想问你们：

他真的对你那么好的话，又怎么舍得一而再再而三地对你动手呢？

他真的对你那么好的话，又怎么会让你如此没有安全感地去向他人寻求答案呢？

他真的对你那么好的话，又怎么会连他父母都说服不了呢？

还有，要是你真的觉得他很在乎你，对你很好的话，你又怎么会对这份感情如此犹疑不决呢？

这答案，是不是早就藏在你的内心深处，而你，却不忍告诉自己呢？

我们经常说，当局者迷旁观者清，可实际上，当局者之所以看不清，或许多数时候都只是不愿意叫醒迷雾中的自己吧。

也许，当你真的直抵内心时，说不定就看清了。

有一个亲戚家的妹妹，去年突然跟她那位已经到谈婚论嫁阶段的男朋友分手了，她家人很不理解，总是问她：“那么好的一个小伙子，平时也挺关心你的，你怎么到了关键时候，就和人家分手了呢？”

对于这件事，一开始她还跟家人解释一两句，说婚姻是大事，她真是因为发现两个人不合适才分开的。到后来，她被问烦了，索性就闭口不谈了。

这油盐不进的样子，让她家里人打听到了我这儿，语意中带着让我去劝劝她的意思，似乎还想让她跟那个小伙子复合，不要瞎折腾。

我知道，这姑娘一向就是个很有主见的人，既然她说不合适，那肯定就是有原因的，我也就没必要再去劝了。

只不过，出于好奇，我还是给她打了个电话。

姑娘告诉我，说对方的确是个不错的人，只是，这种不错却太浮于表面了，就像是预设好程序的那种，什么样的场合做什么样的事，说什么样的话，在对方心底，一切都是提前设置好的。

例如，她生病了，对方会在电话里急切地问她："严不严重？有没有去医院？有没有人照顾？"

可是，他却从来没有主动来照顾过她，因为，每次都很巧合地能有各种事情拖住他，要么是加班走不开，要么是朋友邀约走不开……

而最后得到的也总是千篇一律的道歉和叮嘱，让她要好好照顾自己，一定要按时吃药等。

还有，不管是她的生日还是大小节日，虽不至于说什么礼物都不买，但却永远都是同一种东西——花，不同节日不同的花束。

可是，他却从来没有注意过，她对花粉轻微过敏。

姑娘说："在旁人看来，他好像真的对我很好。不但大方、会关心人，而且还懂得浪漫。可是，相处越久，我却越清楚，他的那种关心，不是出于爱我，而是出于惯性罢了。那么，我又何必在他身上浪费时间呢？"

不就是这样吗?

只是，这是一个认知的过程，需要你自己去体悟。

如果你还是认为他对你很好，很在乎你，那么，我也就真的无能为力了。

很抱歉，因为我实在是叫不醒装睡的人。

时间是最深的沼泽，只愿你，别在等待和将就中，越陷越深。

Chapter 20

远离低质量的勤奋，那比懒惰更可怕

真正的勤奋，不是一味盲目地忙碌，
而是要保证效率。

早晨上班，我在电梯里听到一件很有意思的事，楼上一间公司的员工在谈论他们的一位同事。

A说：“小汪昨天是不是又加班到很晚？”

B笑了下，回答道：“是的，他不经常这样嘛，白天忙东忙西但不知道忙什么，一到了下班又发现该处理的事都没处理，然后就只能加班咯。”

A摇了摇头，接着说：“他做事效率太低了，我星期一找他要的方案，这都星期四了，还没给我。我每天问他进展情况，他都说他忙死了，晚点才能给我。哎，看见他每天都加班到九十点才回家，我也不好意思催了。”

B赞同地点了下头，说：“他那人就那样，看起来每天很忙，实际上做的事情还没其他人多……”

相信大家或多或少，都在工作中遇到过这种“同事”，他们看起来无比地忙碌，实际上却毫无工作效率。

不得不说，忙碌真的不等于效率高，永远不要拿数量上的“勤奋”去欺骗自己。

尽管这些人表面看上去很努力、很刻苦，每天不停歇地工作，可在他们的潜意识中，却总是有意或是无意地去回避那些真正需要解决的问题，到头来，不过是牺牲了有限的时间，重复着一个又一个忙碌的假象。

久而久之，导致工作时间越来越长，休息的时间越来越短。同时，在这个过程中，人会不自觉地变得焦躁，然后，无法静下心去专注于处理一件事情，总是忍不住东拼一下，西凑一下。

于是，无结果的工作变得越来越多，无作为的时间也变得越来越长，理所当然的，效率也就越来越低了。

我认识一个想要考公务员的姑娘，她刚出来工作一年，因为觉得一个人在外打拼太辛苦，所以听了她父母的建议，决定报考她家所在城市的公务员。

她做这个决定时，离当时的公务员考试还有八九个月的时间。在她看来，这个时间足够充分，备考应该不成问题。

所以，她兴致冲冲地在网上买了公务员考试的书和习题，计划每天晚上下班回去后，先利用一个小时来听网络课程，然后再花两个小时左右来看书做题，巩固当天所学的知识。

听她说这些计划时，我很是赞同地告诉她："这样不错，坚持下去的话，笔试肯定不成问题。"

这之后几个月，她的确每天都会利用三个小时左右的时间来学习，她经常在朋友圈里发状态说上班好困，有人在下面留言问她怎么回事，她都会说，前一天看书看到太晚，所以睡眠不足。

有一天，我刚巧在路上遇到她，于是就邀她一起喝了杯咖啡。

那会儿距离公务员考试只剩不到两个月的时间了，我有些随意地问她："你书看得怎么样了呢？还有一个多月就要考试了，有把握吗？"

她尴尬地摇了下头，跟我说道："才看了一半多点……"

我讶异了一下，问："你每天看书看到那么晚，怎么才看了一半呢？"

"我也不知道，虽然每天都看到那么晚，但是，认真看进去的内容并不多，做题方面只能做个十几题……"

只是看表面的话，她真的很刻苦。

每天都坚持听课、看书、做题，每一件事都按着节奏在走，跟她最初的计划也没有多大的出入，甚至，有时候半夜醒来睡不着，她还会翻上两页书。

可细问下去才知道，原来，她虽然每天都要求自己必须学满三个小时，可实际上，她有效的学习时间不足半个小时。

她每天回去第一件事就是打开电脑，然后定时学习网络课程，但是，听课的过程中，她要么是在跟朋友聊微信，要么就是忍不住上网购物，总之，很少能一心一意地听课。

课程结束后，她按着计划开始看书做题，这个过程更不用说了，她一会儿起来喝口水，一会儿拿起手机刷会朋友圈，一会儿又盯着题目发小片刻呆……

她每天就是以这样的状态，强制地要求自己“勤奋”地学习着。

所以说，那些看起来我们无法去做完的事情，只不过是因为我们没有真心实意地想要去完成它而已。

哪有看不完的书、做不完的工作呢？不过是，你一直在做的都是跟它无关的事罢了。

的确，你是有计划的，你也按照计划在行动了，可最关键的，你没有效率，这才是最致命的地方。

你需要明白一个道理，你正在做的事情，必须能让你更加接近你的目标，而不是毫无意义地重复，甚至是让你逐渐偏离目标，彼此消耗。

盲目的、毫无自律性地伪装忙碌的状态，只会使你越来越疲惫，越来越远离目标。

你得懂得，你不能只是表演“勤奋”，你得把事情完成，这才是最为根本的。

你除了要有计划、有行动之外，还必须得有效率、有强度。

例如，认真学习的时候，务必关掉网络，集中注意力。处理棘手工作的时候，务必远离手机，关掉无关的网页……

你必须要将你的计划和你的行动匹配起来，务必根据最终的目标合理地安排你的时间，将计划切实地落实到每一小时当中去。

远离低质量的勤奋，至关重要。

我之前在广告公司工作，那时我的直属上司，就是一个高效率的人。努力工作并不等同于每天加班，这是他一直挂在嘴边教育我们的话。

不只是“说”，他更是“做”给了我们看。

八个小时的工作时间，他从来不做“多余”的事情。而且，工作事项中的轻重缓急，在他的计划表里排得清清楚楚。

该上午做完的事情，他甚少放到下午。必须今天处理完的任务，从来不会拖延到明天。

最为重要的是，他很清楚，他在早晨是最有灵感的时候，所以，基本上，他每天都是最早到办公室的人，而且会足足早我们一个小时。

等我们到办公室，晃晃悠悠过去半个小时再开始投入工作时，他已经将当天最为重要的工作完成了，剩下的时间，刚好用来处理琐碎的事项了。

所以，除非必要，他鲜少加班。

因为他一直强调，夜晚是他的运动和休息时间，适当的运动和足够的休息，才能让他保持高度的专注力，这样，才能保证高效率的工作。

所以说，真正的勤奋，不是一味盲目地忙碌，而是要保证效率。

该工作时，不要去做工作以外的事情，尽量让自己在工作时间内发挥出最大的效率。而需要休息时，也不要强制自己去工作，尽量保证足够的休息时间，这样才能以最好的精神状态去面对接下来的工作。

尽量将计划细分，精确到每一个小时，然后，按照计划专注地去完成每一步的目标。

还有，足够了解你自己，也是很重要的一环。

在你最有精力时去做你认为最为重要的事情，合理地安排你的工作或是学习，这样，你花费的时间才会发挥它最大的价值。

记住，不要让你的“勤奋”变得没有作为，更不要成为“思维懒惰”的低品质勤奋者。

真正勤奋起来吧，如此，我相信，你离你的目标也不会远了。

Chapter 21

你的焦虑，缘于着急过「标配」的人生

人生没有所谓的「标准答案」，
最好的人生也不是「标配」般的存在。

在我们的人生当中，经常会有各种各样所谓的“标准答案”。

而且，在多数人看来，只有遵从了这样的标准，努力根据这个标准过上了所谓的“标配人生”，才会得到认可。

于是，大家都迫切地想要成为这样的“标准件”，一旦没能在规定的条件下达成目标，就会自认为很失败。

从某些方面说，这便是导致当今社会多数人焦虑的根本原因。

有一个邻居家的妹妹，大学毕业不到两年，本该是初入社会活力四射的年纪，可去年过年回家看到她时，却发现她整个人都显得特别没有精神，看起来也是一副很焦虑的样子。

一起聊天时，问及她原因，她皱着眉一脸烦恼地看着我，说道："也没有什么，就是觉得自己活得比较失败。"

我宽慰她："怎么这么想呢，你工作不是还挺不错的嘛！你才毕业不到两年，不要给自己那么大的压力。"

她很是不安地告诉我："工作再好又能怎样呢？我好多同学还有朋友，大学毕业不到一年就都结婚了，而且，还有好几个都已经生小孩了。可是我呢，却依旧还没找到男朋友。光是想想，我就觉得很焦虑啊，完全不知道要怎么办了……"

我大致能明白她为什么会这样想。

她的母亲经常在我们面前说，希望她二十五岁之前能结婚，结婚一年左右生小孩，然后安安心心地相夫教子。至于工作，没必要投入那么多的精力。

一个女人的生活重心，不应该放在工作上，而应该放在家庭上。二十五岁还没有结婚，是一件很失败的事情。

她从小就被母亲灌输这样的思想，在她的认知中，也理所当然地认为，这样的生活才是女人的"标配"。

所以，这才导致她出现这样的精神状态，每天都过得非常焦虑。

她告诉我说，她那些已经结婚生小孩的朋友，才是她眼中

的赢家。而她，就算工作再好，光是还没结婚这件事，就让她感觉自己活得“很失败”了。

我对她这样的观念，无法苟同。

但又不得不承认，在这个社会里，大家定义了太多的“标准件”：

乖巧懂事、学习成绩好，这是好孩子的“标配”；三十岁前买车买房、成家立业，这是男人的“标配”；二十五六岁结婚生小孩，然后相夫教子，这是女人的“标配”……

多数人，为了尽早达到这样的“标配”，每天忙忙碌碌、忧心忡忡，当身边的“标准件”越来越多，自己却还尚未达标时，就会觉得“失败”“窝囊”“没有尊严”，甚至慢慢失去信心。

一位朋友因为职业的关系，会接触各种各样的学生家长，她经常跟我说，之所以现在的教育机构那么火爆，也都是因为抓住了父母的这种心理。

对大多数父母而言，都希望自家的孩子学习成绩好、有才艺，在学校能经常得到老师的表扬，年年拿奖状。

这已经成了多数父母给孩子定义的“标准”了，在他们看来，孩子只有达到了这样的标准，才能保全他们的面子。

朋友说：“现在这些家长，整天拿着这样的标准去要求自己家的孩子，如果孩子没能达到这样的标准，他们就会说孩子不懂事，说担心他们将来不会有出息。”

更可怕的是，很多父母会不停地拿着旁人家的那个“有出息”的小孩来跟自家那个“没出息”的小孩做对比，告诉他们，那才是“标配”。

很多孩子的自信心会因此不停地受到打击，久而久之，他们自己也会认为，自己是“没有出息”的，而后，自暴自弃。

而家长呢，也会因为孩子离“标配”越来越远，而变得伤心失望，甚至暴躁不已。

“标配”真的有那么重要吗？没有达到“标配”真的就代表失败吗？答案当然是否定的！

这世间，哪来那么多的“标配”人生？如果真存在那么多的“标配”，那才是最可怕的吧。

想象一下，若是每个人都是按照同样的轨迹在生活，一模一样的标准，千篇一律的过程，这就像是无数个复制人，充满了这个世界，没有任何的差异化。

试想，那样的人生，是不是毫无意义？

每个人都是独立的个体，不同的人肯定有着不同的人生轨迹，大家的生活方式也都不尽相同，没必要偏偏按照“标配”来生活的。

同事有个男闺蜜，三十五岁了，没有结婚，也没有女朋友。

他是一名摄影师，经营着自己的工作室，主要是给人拍婚纱照或是个人写真。他没有买房，而是租了一间比较大的工作室，其中一部分就是他的住所。

因为陪同事拍婚纱照的缘故，我曾去过一次。那间工作室装修得很有格调，工作区域和生活区域也有着很好的区分。

听同事说，他的收入并不低，但是，他挣的钱，一部分用来孝敬父母，还有一部分，都捐给了孤儿院。

“在他看来，买房并不重要，只要生活是自己想要的就行。而且，他是个独身主义者，所以，没有所谓的养家一说。”

有人奇怪，问同事，像他这样，三十几岁了，不买房子也不成家，难道就不怕别人背后说闲话吗？

同事解释说，可能在很多人眼里，到了年龄就该买房买车、结婚生小孩，这样的人生才是正确的标准的人生。可是，他却完全不在意这些。

他跟同事说过，“标准”的活法太不适合他了，他从小就是个“离经叛道”的人，在他三十几年的人生当中，鲜少按照所谓的“标配”去生活。

“这世间本就没有所谓的标准，我要怎么去过我的人生，那是我自己的事，又何必去在意他人的看法。不同的人肯定有不同的人生轨迹，如果偏要让我按照某一条既定的轨迹去生活，那简直就是一场灾难。”

这真的是一种豁达的生活智慧。

不同的人生有着不同的精彩，不需要去攀比、追赶，很理智地说，“标配”的人生，往往都注定了要与焦虑为邻。

我见过太多的急于去过“标配”人生的人，在他们的计划中，有着细到不能再细的“目标”——房子、车子、结婚对象、孩子……

每一个都有着具体的“标准”，在他们看来，只有达到了那样的“标准配置”，才算得上是人生的赢家。

可实际上，那种定义下的“人生赢家”，不过是最为大众、最为普通的存在罢了。

所谓的标准配置，真的索然无味。

这早已是一个彰显“个性化定制”的时代了，所以还是趁早跟“标配”说声再见吧。不要给自己或是他人设下“标配”的屏障，也无须去羡慕别人的“标配”，你自有你的精彩。

没有“绝对正确”的存在，更没有“绝对正确”的生活。

乐观向上，积极阳光，为了抵达更远的路而不懈努力，这才是最为重要的。

人生没有所谓的“标准答案”，最好的人生也不是“标配”般的存在。

尽你最大的努力，慢慢过上你真正想要的生活，享受生活中一点一滴的温暖和爱，如此，才会美好而自在。

Chapter 22

我不是幸运，我只是敢于争取自己想要的

不轻易妥协，不随便抱怨，

敢于和命运博弈，

那么，该来的总会来。

偶遇许久不见的小学弟，约着一起喝了杯咖啡。问了下彼此的近况后，许是因为太久不见面，难免有些相顾无言的感觉，于是，各自留下联系方式后就散了。

几天后，突然接到他的电话，说是想要跟我聊聊天。

我笑了笑，问他："怎么了，遇到不顺心的事了？"

他在电话那端，有些低落地说着："也不算不顺心，就是想找人说说话。大学毕业后，在这座城市待了三四年了，可是生活工作却几年如一日，碌碌无为，没有任何的变化，难免有些难受。"

"这也正常，你还年轻，再过两年就好了。"

他叹了口气："再过两年估计也差不多，这么多年，我工资一直涨不上去，买不起房买不起车，也没有女孩喜欢我，感觉很憋屈。和我一起毕业的同学们，好多都升职加薪了，有些人甚至都已经坐到了经理的位置，可再看看自己，几年下来，跳了好几次槽，却依旧混得不咋样……”

我只能安慰他，说再奋斗几年会好的。

他沉默了好半天，在我以为话题可以结束了时，他突然又自顾地说了起来。

他说，他一直以为是自己不够幸运，所以幸运之神才不会偏爱他，可是他今天去书店，意外看到一本书，讲的是如何才能在职场里升职加薪。以前他只会觉得这种书处处都是套路和空话，可是那一瞬当他站在书店里，却突然醒悟了：原来不是他不够幸运，只是因为在想要的东西面前，他从来都不够坚持和努力。

“这么多年下来，要么是想着那些东西离自己太遥远，所以还没开始就放弃了。要么呢，就是明明已经奋斗到了一半，结果又因为觉得太难不可能完成，就半途而废了。”

最后，他像是安慰自己一样，深深地吸了口气，说道：“命运只是看似不公，实则是公正过了头。果真是没有那么多的幸运，可能还是因为我不够努力吧。”

我听他讲完了这些，放下电话的刹那，脑中却不自觉地想着，幸运到底是什么呢？

大家都说谢楠是个很幸运的姑娘，只是“幸运”这个词，看似饱含着夸奖和羡慕，实际上却总透着一种无甚实力、受之有愧的含义。

这么来说吧，谢楠是一个长相很平凡的姑娘，但是她却喜欢上了一个几近完美的男人，对方长得帅性格好，工作努力事业有成，是个不折不扣的黄金单身汉。

就在上个月，谢楠跟这个男生领证了。于是，周边一片的羡慕之声，一群人都在说着，她真幸运，竟然这么好命，嫁给了如此优秀的男人。

事实上，她的幸运，完完全全是她自己争取到的。

谢楠自知自己长相不够出众，所以她不像其他姑娘那样，只顾着打扮得花枝招展地和对方套近乎。

她刚认识这个男生那会儿，通过多方打听，终于知道对方正在谈一笔重要的生意，于是她利用自己擅长的领域，用她的资源去帮助对方的事业，在短短两个月的时间里，终于和对方从陌生人成为很熟识的合作伙伴，继而成了朋友。

她说，她很珍惜这得来不易的缘分，但是却没有急于表现她的爱慕和感情。

她大方而不矫情地借着工作之余邀请对方吃饭、约会，不过分的亲近，却又适时地表现出自己的品位和能力，恰到好处地让对方由熟识她到欣赏她。

这是她爱他的方式，也是她争取幸福的方式。

她说，这个过程，就像是在博弈。所幸的是，最终，她赢了。

他们结婚那天，朋友说，她真幸运，竟然嫁给了这么完美的男人。

她淡淡地笑了笑，说道："我不是幸运，我只是敢于去争取我想要的幸福。既然遇到了心动的对象，那我肯定不会老老实实地站在原地不动的，对方没有过来，那我就得过去了！"

后来，有人问她，如果她这样努力地付出后，依旧没能得到对方的爱情，那要怎么办。

她平静地回答道："帮助他、对他好，这些是我心甘情愿去做的事。而且，我也有能力使自己一个人活得很好，所以，我并没有把和他结婚当做是唯一的追求和终极的目标，嫁不嫁得成，对我都没有任何影响。毕竟，我是在追求我的幸福，并不是在乞讨他的爱情。"

那么，谁还能说她受之有愧呢？

幸福与成功都不是轻易得来的，多数人的幸运，都是靠他们的努力积攒来的。

刚刚三十岁的钟怡，前段时间因一贵人推荐，成功跳槽，去了一家外企，年纪轻轻就进了对方的高管队伍。

有人说她就是运气好，要不是认识了那么厉害的推荐人，又怎么会那么轻易地就得到那么好的机会呢。

有人说她能力一般，如果是自己也认识了那样的贵人，那么进去那家外企当高管的，就不一定是她了。

钟怡听到这些，都只是一笑了之。

研究生毕业的她，入职场也就四年左右时间，单是这样来看，她能在这么短的时间里站到这样的高度，的确很幸运。

不过，我很清楚，她为什么会这样幸运。

她是个特别有拼劲的人，周末，身边的朋友要么是三三两两约着逛街，要么是待在家里睡觉、看剧，要么就一起出门吃吃喝喝……

只有她，经常牺牲休息时间，自己掏钱去上一些很是枯燥的专业培训课，又或者是去参加一些含金量高的行业交流会，很少有休息的时候。

有一次，我难得碰到她有空余时间，于是就约了她出来喝个下午茶。

没想到，我们才坐下不到半个小时，她就接到她老板的电话，说是有个重要的客户临时有事需要咨询，让她及时回访。

在她老板挂完电话后，她有些不好意思地跟我说了句抱歉，让我等等她，然后就拨通了那位打扰她休息的客户的电话。

我默默地观察着她的表情，她没有表现出任何的烦躁，而是很认真很耐心地在电话里回答着对方的问题，大方而谦逊。对方问到的每一处细节，她都能很专业地给出合理的建议，偶尔还会停顿下来等待对方的思考，在对方有了回音过后，才会继续往下说。

这样专业的态度，那种微妙的停顿，我光是看着，都自叹不如。

果然，经过这一次的接触后，那个客户每次遇到问题都会找她咨询，只是，谁也没有料到，这竟给了她如此关键的发展机会。

钟怡说，她一向都不是个野心家，只是会尽力抓住机会。她那么努力地提升自己，不外乎就是为了能有更好的发展，如今看来，她的努力都是值得的。

其实，没有谁生命中的贵人是被安排好的，他不可能站在聚光灯下等着你过去。你的贵人，从来都是靠你自己的魅力去吸引来的。

生活也从来不会因为到了某一个节点，就莫名其妙地给你意想不到的惊喜。你此时的幸运，都是你过往努力的结果。

理想的事业，理想的婚姻，从来不会从天而降，都是需要积累到了一定程度，才会如期而至。

那些我们认为的幸运儿，大家只不过是看到了他们光鲜的那一面，而没看到他们背后的艰辛和坚持。

我不是幸运，我只是敢于争取。

这才是最为真挚的诠释。

不轻易妥协，不随便抱怨，敢于和命运博弈，那么，该来的总会来。

图书在版编目（CIP）数据

人生总有许多的勇气与孤独 / 宋筱白著. --北京：九州出版社，2019.5

ISBN 978-7-5108-8065-0

Ⅰ. ①人… Ⅱ. ①宋… Ⅲ. ①散文集－中国－当代 Ⅳ. ①I267

中国版本图书馆CIP数据核字（2019）第091799号

人生总有许多的勇气与孤独

作　　者　宋筱白　著
出版发行　九州出版社
地　　址　北京市西城区阜外大街甲35号（100037）
发行电话　（010）68992190/3/5/6
网　　址　www.jiuzhoupress.com
电子信箱　jiuzhou@jiuzhoupress.com
印　　刷　天津市豪迈印务有限公司
开　　本　700毫米×970毫米　32开
印　　张　8.5
字　　数　350千字
版　　次　2019年8月第1版
印　　次　2019年8月第1次印刷
书　　号　ISBN 978-7-5108-8065-0
定　　价　49.80元